雲隠れの月

田谷麗子

西田書店

雲隠れの月　目次

昼下がりの珈琲　5
鳥　27
夢占い　65
女と松の木　99

父の眼鏡 121
庭泥棒 143
天使の梯子 165
雲隠れの月 191

昼下がりの珈琲

今朝、正江は食器棚の中から珈琲の保存瓶を取り出して、珈琲の粉が底をついているのに気が付いた。瓶を軽く振ると、プラスチック製の計量スプーンが乾いた音を立てた。昨日の朝に最後の一杯分を掬って、午後から買いに行こうと思いながらすっかり忘れていた。

いや、本当は買いに出掛けたのである。家を出たついでにクリーニング店で冬物のセーターを出し、次にスーパーで新鮮な魚と野菜を買い、最後に珈琲店へ寄るつもりだったが、スーパーを出た所で幼馴染みの友達にばったり会ってしまった。

友達とは久し振りだったので、店先に立ちながら一時間近く話し込んだ。そのうち陽が陰ってきたので、慌てて家へ帰った。台所でマイバッグを広げながら、何かが足りないとあれこれ考えて、ようやく珈琲を思い出したのだった。

正江は、四月一日の誕生日で数え年七十歳になった。晴れて古稀を迎えて、つい先日、娘たちに祝ってもらったばかりである。ある日、長女が「母さんを温泉旅行に連れて行く」ととつぜん言い出したので、「まさかエイプリルフールではないだろうね」と、思わず皮肉を言ってしまった。

そんなとき正江は何故か素直になれない。飛び上がるほど嬉しいくせに、つい嫌みを言ってしまう。照れ隠しなのか、それとも年寄りの僻み根性なのか、嫌な性格だと思うがその癖はいまだに直らない。

娘時代、富山の地方銀行に勤めていた正江は、二十二歳で橋本孝志と職場結婚したが、三十八歳で死別した。孝志は胃がんで、自覚症状が出てからわずか半年の命だった。数え年四十二歳で男の厄年、新年に同級生と実家の近くの神社で御祓いしたばかりだった。

遺された娘は中学一年と三年生の二人だった。女の子といえども生意気盛りの難しい歳で、正江はかなり厳しく育ててきた。父親の役目も果たさなくてはならないので、決して甘やかしたりはしなかった。

正江は半年前まで長女一家と同居していたが、製薬会社に勤める婿が東京へ転勤になったので、古い家に独り残ることにした。長女は心配して「母さんも連れていく」と言ったが、正江の意思は堅かった。孝志と過ごした思い出の家から、どうしても離れることができなかったのである。

自由な生活と残り少ない時間。いま長寿を祝福される身になって、正江は改めて自分の人生を真剣に考えるようになった。そこでこれからが本番と意気込んではみるのだが、こんなにも物忘れが酷くなってちっともめでたくはない。そのうえ足腰も弱くなり、朝の散歩も始めてはみたが、やはり三日坊主に終わってしまった。

それに最近、ところ構わず眠くなって仕方がない。特に昼食後、ソファーに座ってテレビを観ていると、いつの間にか舟を漕いでいる。しかもそれはお天道さまが出ている明るい間で、夜になると今度は眠れなくなる。掛かり付けの病院で、「お守りを上げます」と言われて渡された薬を飲んで、ようやく意識が遠のいていく。一体これでいいのだろうかと思案しながら、日ごと忍び寄る老いに怖れを抱いていた。

ところで、正江の生活に珈琲は欠かせないものとなっている。朝の一杯を初めとして一日に三、四杯は飲む。飲めば心も身体もしゃんとするし、できればもっと飲みたいと思うのだが、健康のためにその程度に抑えている。以前、新聞や雑誌に飲み過ぎるとがんになるという記事があったので、その恐怖が頭の中に擦り込まれてしまっている。

何よりの証拠に、孝志が無類の珈琲党だったことである。美味しい珈琲の淹れ方をいろいろ試してみて、フイルターを紙にしてみたり布にしてみたり、じつに熱心であった。家の用事は全くしないのに、朝の珈琲だけは丁寧に淹れてくれた。だからあんな病気に……。いやいや、そんなことはない。

最近の報道によると、珈琲はむしろ抗がん作用があるという。それに気管支喘息や狭心症の改善、利尿作用効果、と命取りのがんとは正反対の良い事ばかりだ。特に喘息持ちの正江にとって、これほどの朗報はない。

幸い家の近くに珈琲の専門店がある。「木村屋」という古風な名前で、なかなか趣のある店である。世界中の珈琲や紅茶が多数揃っていて、しかも試飲もさせてもらえるので、正江は喫茶店代わりによく利用する。

もちろん、美味しい珈琲を御馳走になってタダというわけにもいかないので、必ず何かを買ってくる。陶器や菓子、それにハンカチ、タオル、一筆箋なども売っているのだ。いずれも洒落た高級感があるので、正江はつい手に取ってしまう。だから、この店だけは不況知らずでいつも繁盛している。


正江は昼食を済ませると、すぐに出掛けることにした。また睡魔に襲われて、億劫になってはいけない。

外は素晴らしい五月晴れだった。だが油断は禁物、一年中で最も紫外線が強い季節だという。これ以上、シワやシミを増やしてはいけないので、化粧下に日焼け止めクリームをたっぷり塗って、この春新調したばかりの日傘をさして家を出た。

木村屋は古民家風の店である。店の前は広い駐車場になっていて、十台以上は停めることができるだろう。見渡せば昼時のせいか人影がなく、ひっそりとしている。陽炎が立ち昇り、白と赤の車が光の海に浮かんでいた。

富山市の南の郊外、田んぼと畑ばかりの淋しい町に、木村屋が開店したのは二十年ほど前だった。小さなスーパーが一軒あるだけで、食堂やレストランはもちろんのこと、友達とお茶を飲む手頃な喫茶店もなかった。

そんな町に光明のように現れたのが、この木村屋だった。夏の終わりのある日、駐車場の前に、流木で作った風流な看板が上がった。工事中、何が建つのか興味津々だった正江は、珈琲の店だと分かって嬉しくなった。

ところがいざ開店すると、何故か気が引けて一人で入ることができず、店の前を何度も行ったり来たりした。こんなとき、孝志がいれば二人で堂々と入っていけるのに、と正江はいつになく切ない気持ちになった。

店の前に立つと、金属製の重厚なドアに「開いています」と書かれた木の札が下がっている。ドアを開けた途端に芳醇な珈琲の香りが正江を優しく包み込んできた。

「やあ、いらっしゃい」

店主の衛さんは、正江をいつも明るく迎えてくれる。

「今日はいいお天気ですねえ」

正江は笑顔で奥のカウンターへと直行した。試飲席の丸椅子は五脚あるが、客は正江一人だった。ほかに何人かの客がいるが、コーヒーカップや茶碗などの小物売り場で物色している。

「春は何だか眠くなって仕方がないわ。眠気覚ましに、濃い目の珈琲をお願いします」

「はい、承知しました」

丸い眼鏡に薄い顎鬚を生やした衛さんは、わざと畏まって応えた。衛さんも古稀は過ぎているはずだが、いつも元気で誰に対しても愛想が良い。特に、正江とは浅からぬ縁があった。木村屋に通い始めていろいろ話をしているうちに、衛さんは孝志と同じ高校で、二年後輩だったことが分かった。しかもバスケット部で一緒だったという。

「先輩は身長が高かったので、いざというときに見事なシュートでばっちり決めるんです。だけど、国体選抜の練習試合でアキレス腱を切ってしまってね。何しろ先輩あってのチームでしたから、国体は諦めざるを得なくなりました。あれは本当に残念でした」

「へえー、そんなことがあったんですか」

正江は驚いた。バスケット部の話は聞いたことがあるが、国体まで目指していたとは知らなかった。しかも、孝志の怪我でチームの夢が破れてしまったとは……。夫婦といえども、敢えて話さないことや秘密にしていることが誰にでもある。正江は、まだ知らない若いころの孝志に興味をそそられた。

〈今日の珈琲は石蔵熟成珈琲です〉

そんな一文が正江の目に留まった。カウンターの上にカエルの置物があり、切れ込みの入った背中に名刺大の紙が挟まれてそう書いてある。正江の知らない、珍しい珈琲なので訊いてみた。

「石蔵熟成珈琲ってどんな珈琲なんですか」

「ああ、今日の珈琲ね。大谷石の蔵の中で、クラッシック音楽を流しながら熟成させるんですよ」

「えっ、クラッシック音楽ですか」

「そう、モーツアルト」

「モーツアルト？　ずいぶん高尚なんですね」

正江は思わず苦笑した。すると、衛さんは急に真顔になった。

「ええ、この珈琲は高尚で過保護なんです。音楽はもちろんだけど、大谷石も栃木県産で腐敗やカビの発生を抑制して、マイナスイオンを出すのでリラックス効果があるんです。石蔵熟成珈琲は、そんな蔵の中でゆっくり時を過ごすんですよ」

そういえばいつかテレビで言っていた。ビニールハウスの中で、クラッシック音楽を聴かせながらトマトを育てると甘くなるという。それは動物にもいえることで、ニワトリが卵を沢山産むし、牛の乳もよく出るようになるらしい。

果してそれは本当なのだろうか。人間の場合、過保護という言葉は、決して良い意味には使われないので首を傾げてしまう。実際、正江は娘たちを厳しく育ててきたが、間違ってはいなかったと思う。

「ところで先輩が亡くなって何年になりますか」

「昭和五十五年の夏でしたから、三十二年になるわ」

「もうそんなになりますか。早いもんですね」

「そうなんです。娘たちも一人前の母親になって、今では孫が五人もいるわ。この前、古希のお祝いをしてもらったの。総勢十人で庄川の大牧温泉で一泊してきたわ」

「ああ、船に乗って行く秘境の一軒宿ですね。何と豪勢な、それはそれは。ぼくも一度は行ってみたいと思うんですが、なかなか実現しません。正江さん、今時そんな親孝行な娘さんはいないですよ。よく頑張りましたね。もう、何も心配することないじゃないですか」

「そうなの。私の役目は全て終わって、もう何も心配することがないの。だから、私は誰にも必要とされていないんです」

「またそんな……。そんなこと言わないで、正江さんはまだ若いですよ。もう一花咲かせなくっちゃ」

「そういえばこの前、こんなお婆ちゃんに再婚を薦めた人がいたわ。しかもその人、孝志さんの親友だったのよ。三年前に、奥さんを亡くされた親戚の人を紹介するって」

「そうでしょう。みんな正江さんのこと心配しているんですよ」

「冗談じゃない。今更そんなややこしいこと、真っ平ごめんだわ」

「そうかなあ。老後は長いし、考えてみてもいいんじゃないですか」

「衛さん、私はそんなふうに割り切れないのよ。孝志さんとは十七年しか一緒にいなかったけれど、いまだにいいことばかり思い出すの。とにかく優しい人だった。喧嘩をしてもいつも私の一人相撲、全く相手にしてくれないのよ」

「先輩は若いときから苦労人で大人だったからね」

「でもね、一度だけ大喧嘩して本気で怒ったことがあるの。本気で怒ると怖いのよ」

「へえ、どんなふうにですか」

衛さんは、正江に揶揄するような目を向けた。

「私の目をじっと見て低い声で言うの。別れたかったら、いつでも別れてあげるよって」

「アハハハ。先輩らしいですね。でも、それはもちろん冗談ですよ」

「いいえ、冗談ではないわ。あれは本気だったと思う」

「で、喧嘩の原因は何なのですか」

「海外旅行よ。子供がまだ小学校と幼稚園なのに、あの人、一人で沖縄へ行くと言い出したの。あのころ沖縄はまだ復帰前で旅行代金もかなり高かったし、私カッとなって、そんなお金どこにあるのって怒ったら、手形を発行するって言うのよ。要するに借金よね。銀行員らしい発想だと思わない？」

「それはちょっとまずいですね」

「ね、そうでしょう。でも、結局あの人が折れて諦めてくれたのだけれど」

「よく諦めましたね」

「そう、諦めてくれたの。今は経済的に大変だから、銀行を無事に勤め上げて退職金をもらったら二人で一緒に行こうよと言ったら、案外あっさりとね」

「なるほど、それは痛いところを突きましたね」

「違うの、お金は無理をすれば何とかなったけど、海外旅行だけは老後の楽しみに取っておきたかった」

「分かります、その気持ち。だけど何故沖縄なんだろうね」

「さあ、それがいまだに分からないの。何でなんでしょうねえ」

正江はそんなふうに言葉を濁すしかなかった。生前、孝志はその理由をはっきり言わなかったからである。あのとき単なる旅行好きの我儘だと思ったが、多分それは違うと思う。

「ああ、そういえば今年、沖縄が祖国復帰してから四十年目になるんですよね」

衛さんは珈琲を淹れながら、カウンターの隅にある小型テレビに目をやった。アメリカの統治下にあった沖縄が、日本の領土となって四十年になる。テレビは、そのニュースを繰り返し流していた。正江はそれを観ながら、孝志が切望した沖縄行きを思い出し、深い悔恨の思いに駆られた。


孝志のふる里、橋本家の本家は富山市西部の海沿いにあった。夏になると幾つかの浜茶屋が建ち、大勢の海水浴客で賑わった。ところがお盆が過ぎるとそれは半日で畳まれ、潮が引くように人影が無くなってしまう。

そんな淋しさから逃れるように、義母のセキはよく正江の家へ遊びに来た。しかも、思い立ったらすぐに家を飛び出して来る。せっかちなセキは、電話もせずにやって来るので面食らうことがあった。

孝志の父親は、第二次世界大戦で戦死した。戦争未亡人となったセキは、苦労して七人の子供を育てた。孝志は末っ子で、一番可愛い子供だったようだ。

セキは義兄一家と同居していたが、正江の家に来ると必ず二泊や三泊はしていった。正江は身体が弱いのでよく寝込むことがあったが、そんなとき一週間でも泊りがけで来てくれたので助かった。正江はセキを客扱いしないので、気楽で居心地が良かったようだ。

孝志が亡くなるとさすがに足は遠のいたが、それでもとつぜんやって来ることがあった。孫の顔を見るのが何よりの楽しみだったようで、「これで学校のもん買われ」と言って、娘たちに小さなのし袋を手渡した。

ある秋の日、正江が小学校のクラス会から帰ると、車庫の中にセキの小さな姿があった。シャッターが上がっていたので、肌寒い夕風に身を縮めてみかんの空き箱に座っていた。正江の勤めが休みの日曜日だったので、在宅していると思ったのだろう。それにしても、この老体でバスを乗り継いで来たのである。

「まあ、お義母さん、何時からそこにいるの」

「急に顔見たくなって来てしもうた。お昼過ぎに着いたから、隣の家でしばらく休ませてもろうたちゃ」

セキは悪戯を見付けられた子供のように、肩を竦めて言った。その日もセキは二晩泊っていった。夕食後、二人でお茶を飲みながらいろんな話をした。正江は珈琲、セキは番茶である。美味しそうに珈琲を飲む正江を見ながら、セキはしみじみと言った。

「若い人は珈琲が好きだねえ。私は昔人間だから、やっぱりこのお番茶がいい。そういえば、孝志の父ちゃんも珈琲が好きだったらしい」

「お義父さんがですか？　まあ、あの時代に進んでいますね。それに写真のお義父さん、本当に素敵だわ」

　本家の座敷にある遺影は、白い海軍服に立派な髭を蓄えて凛々しい顔であった。

「そうや、なかなかハイカラでハンサムだった。ああ、そうそう、その父ちゃんから、黒い豆を送ってきたことがあった。だけど見たことのない豆だし、どうして食べればいいのか分からんかった。そんで鍋でコトコト煮てみたけど、なかなか柔らかくならんかった」

「それでどうしたのですか」

「仕方がないので捨ててしもうた」

　その黒い豆はもちろん高価な珈琲の豆で、じつに勿体ない話である。二人で大笑いになった。

「ところで、お義父さんの戦地は何処だったんですか」

「沖縄だちゃ。人や物資を運ぶ輸送艦に乗っていて、沖縄の海でアメリカに撃沈されたがやと。名前を書いた紙一枚、白木の箱に入ってきただけで、父ちゃんが死んだ証拠は何もなかった」

　瞬間、正江は胸を突かれた。孝志が沖縄へ行きたいと言った謎が、ようやく解けた気がした。孝志はあのとき、父親の最期の場所を見届けたかったのではないだろうか。沖縄の海に、逢いに行きたかったのではないか。

正江は、衛さんが心を込めて淹れてくれた石蔵熟成珈琲をゆっくり口に含んだ。するとまろやかな味の後で、胃の底から染み出るような苦みがいつまでも尾を引いた。


カップルらしい若い男女が入ってきて、正江の隣に座った。それを機に席を立つと、売り場に行って珈琲を注文した。いつもはブレンド珈琲だが、今日は石蔵熟成珈琲である。

昔、セキの無知で捨てられてしまった珈琲の豆だが、いまは万人によなく愛される珈琲である。特にクラシック音楽で育てられた珈琲は、ずいぶん出世したものだと思う。正江は家に帰って、もう一度ゆっくり味わいたいと思った。

豆を挽いてもらう間、正江は窓の外の坪庭を眺めた。大きなモミジの木が一本、青葉が透明に輝いて地上をさ緑に染めている。その根本に小判草が揺れて、昔ながらの円筒形の赤いポストと、手押しポンプがオブジェとして置いてあった。

それは、戦後のどさくさを彷彿とさせる光景であった。当時、正江はまだ四、五歳で記憶は曖昧だが、両親や祖父母からいろいろ聞かされているうちに、茫洋としていた景色が次第に輪郭を鮮明にしていった。

家が焼失して住む所が無い。食べ物も着るものも無い。家族を失い生きる気力も無くしてしまっている。そんな暗澹たる世情の中で、正江の家はまだ幸せなほうだった。家族の誰一人犠牲にならず、シベリアへ出征していた父も無事に生還した。そんな正江にとって、セキの話はあまりにも悲惨で忘れ難い話が幾つもあった。

「私は子供たちの腹をいっぱいにするために、あらゆる仕事をしてきた。今のように何の補償もない時代だったから、父ちゃんに死なれるとたちまち貧乏のどん底に突き落とされた。一日一日生きるのが精いっぱいで、泣いている暇なんかなかった」

ある日、セキはしんみりと話し始めた。

「子供のために働くことは当たり前で、そんなに辛いとは思わんかった。だけど、一度だけ本当に悲しくて切ないことがあった」

正江はセキの口元を凝視した。

「そのころ、私はリヤカーを引いて魚の行商をしていた。孝志がまだ小学生で学校からの帰り道だった。向こうから、友達三、四人でふざけ合いながら楽しそうに歩いて来るのが見えたんや」

セキは指で涙目を拭うと一息ついた。

「私は孝志の顔を見るなり嬉しくなって、思わず「孝ちゃん、お帰り」と叫んだんや。するとあの子、急に顔を背けてすっと横を通り過ぎたがや」

「まあ、そんな……。どうしてですか」

「友達がいたし、母ちゃんがそんな商売しているのが恥ずかしかったんだよ。それまで私は専業主婦で、外で働く母親の姿を見たことがなかったもんな。そのとき、孝志に本当にすまないと思った。可哀想だと思った」

「あら、魚の行商は立派な職業じゃありませんか。それに、食べていくには仕方がありませんよ。孝志さんは幼くて、そんなことまだ理解できなかったんです」

「それはそうだとは思うけど……。ほんと、あのころの生活は生易しいものではなかった」

セキは遠くを見る目になった。そういえば、孝志は子供のころのことをあまり話さなかった。父の戦死にも触れないようにしていた。そこには、尋常ではない貧しさがあったのではないだろうか。

「でも、お義母さんはそんな時代に七人もの子供を育てて立派だと思うわ。私なんか二人の子を育てるのに右往左往している」

「いやいや、正江さんだって偉いわ。ごめんな。孝志があんなに早く逝ってしもうて」

「いいえ、遺された私がどんなに苦労しても、やはり若くして亡くなった孝志さんのほうがよほど可哀想です」

「そう言ってもらえると助かるちゃ。それに子供のために、正江さんが残ってくれて本当に良かったと思う」

嫁と息子、どちらが大事と問えば、どんな親でも息子が大事と答えるに決まっている。けれども、セキはそんなふうに考える人だった。今はもうとっくに鬼籍に入った人ではあるが、あのとき交わした言葉が正江の胸に大切な宝物のように沈んでいる。

正江は木村屋を出た。

「どうもごちそうさまでした」

「はい、有り難う。正江さんまたおいで」

衛さんは眼鏡の奥から優しい目を向けた。


爽やかな風が吹いていた。正江は独り白い砂浜を歩いている。だが、そこは何処なのか全く分からない。分からないまま、ただ黙々と歩いていた。道の両側には、黒くて四角い石碑が延々と続いている。あちこちに、赤いハイビスカスの花も風に揺れている。その突き当りは青い空と海、見渡す限り青の世界だ。

やがて遠くに黒い人影が現れた。あの広い肩幅は男性のようだ。しかも正江に手を振っている。早く早くと手招きをしている。その手に誘われるように、正江は近付いていく。正江の足元は雲の上を歩くように心もとないが、一歩一歩確実にその人に近付いていく。よく見ると、何だか見覚えのある背格好だ。あの長身は？　そうだ孝志だ。「孝志さーん」と叫んだ途端に目が覚めた。

気が付くと電話が鳴っている。正江はしばらく呆然としていた。木村屋から帰ると、またソファーでうたた寝をしてしまったのだ。

それにしてもあれは一体何処だったのか。あの夥しい数の石碑とハイビスカスの花。そうだ沖縄だ。石碑は「平和の礎」だ。孝志は夢の中で、平和の礎に父親の名前を見付けたのかもしれない。それを正江に一刻も早く知らせたかったのではないか。

一旦切れた電話が再び鳴った。

「母さん、さっきから何度も電話しているのに何故出ないのよ。何処か行っていたの」

隣町に嫁いでいる次女だった。

「ちょっと珈琲の木村屋さんまで」

「木村屋さん？　まあ、優雅なことね。これから母さんの顔見に行くから」

「はいはい、どうぞ。いま石蔵熟成珈琲を買ってきたからちょうど良かった」

「何なの、それ」

「石蔵熟成珈琲よ。あんたと違って、乳母日傘で育った珈琲だから、特別美味しいちゃ」

「母さん、なに言っているの。とにかく今すぐ行くからね」

電話はそっけなく切れた。娘の声は孝志に似て、色気のない低い声だった。

鳥

「お客さん、お客さぁーん」

スーパーマーケットの「タテヤマ」で買い物を済ませ、大通りへ向かっていくと、甲高い女の声が追い掛けてきた。振り返ると何かを手に高く掲げている。辺りを見まわすが誰もいない。どうも自分のことらしい。

「忘れ物、忘れ物でーす」

敬師郎は慌てて手にしたマイバッグの口を開いた。ブリの刺身に鶏肉の唐揚げ、インスタントラーメン、それに食パンと豆腐とネギ二本が入っている。相変わらず、既製品に近いものばかりである。

ああ、そうか、イチゴがない。スーパーの買い物カゴからマイバッグに移すとき、イチゴは潰れやすいので最後に入れようと思い、一旦カゴから出してそのまま忘れてきてしまった。

「どうも、どうも。スンマセン」

敬師郎は頭を掻きながら、イチゴのパックを受け取った。おでこの丸顔が少し綻んだ。女はたった今、支払いを済ませた三番のレジ係だった。年のころは五十代半ば、敬師郎とは全く面識のない新顔であった。

その日、敬師郎は年が明けて初めての買い物だった。小寒に入ってから、雪こそないが底冷えのする日が続いて、テレビと炬燵の守りばかりをしていた。昨日の朝まで、冷蔵庫の中には正月の残りものがまだあったが、今朝覗いてみるといよいよ底をついていた。とはいうものの、切り餅をはじめとして卵やかまぼこ、佃煮、それに冷凍食品など、贅沢さえいわなければ何とかなった。だが、急に新鮮な魚を食べたくなった。氷見の寒ブリが三千本も水揚げされたと聞けば尚更だった。

リビングの掛け時計を見ると開店十時の十五分前、丁度いい時間だった。敬師郎は出掛けると決まれば早かった。毛玉の付いたジャージーのパジャマを脱ぎ捨てて、外出用のセーターとズボンに着替えた。グレーのセーターは亡き妻のお手製で、胸の両側に二本の太い縄編みが入っている。

やがて身支度を終えると、敬師郎は座敷の長押に飾られた妻の写真に向かい、直立不動の姿勢で立った。

「母さん、これでいいかな」

けれども妻は何も応えてくれない。静かに笑っているだけである。その写真は、三人の孫に囲まれて微笑む顔がいかにも妻らしいと思ったので、そこから切り取って遺影としたのである。

妻は一昨年の春に膵臓がんで亡くなった。自覚症状が出てからわずか三か月の命で、まるで悪夢を見ているようであった。一人息子は東京で家庭を持ち、敬師郎も三十八年勤めた警察署を定年退職して、ようやく二人で老後を楽しもうと思っていた矢先だった。

現役のときは、家族サービスや家族旅行どころではなかった。例え休みの日であっても、大きな事件や事故が起きればすぐに出ていかなくてはならない。妻は家庭を守ることに専念し、子供もほとんど一人で育てた。

敬師郎は妻がいてくれたからこそ、刑事という激務を全うすることができたのだ。恩返しはこれからだった。国内の温泉旅行はあとにして、まずは体力のあるうちに海外旅行、イタリアにフランスにペルー。妻の第一希望は、ペルーのマチュピチュであった。インカが残した天空都市、テレビに映し出される謎の遺跡を、妻は食い入るように観ていた。

「連れてってね、必ずよ。約束したわよ」

我儘を言ったことのない妻の初めての我儘だった。それにしても忘れられないのは、亡くなる一週間ほど前に交わした言葉だった。

「私がいなくなったら、お父さん、さっさと再婚しなさいよ。家の中で独りしょんぼりしている姿を想像すると、私耐えられんから」

「馬鹿をいえ。こんな爺さんのところへ誰がくるもんか。莫大な財産でもあれば話は別だが」

「それはそうね……」

妻は薄く笑った。

「じゃあね、茶飲み友達でもいいわ。とにかく一人きりは駄目よ。これから老後が長いんだから」

その眼は怖ろしいほど真剣だった。

敬師郎は今年六十四歳、まさに団塊の世代である。戦後のベビーブームで、一夫婦に平均四人の子供が生まれたという。従って高校や大学の受験、それに就職、結婚と熾烈な闘いの中を生きてきた。

そしてようやく訪れた穏やかな時間。待望の悠々自適の生活だった。それなのに肝心の相棒を奪ってしまうとは、あまりにも冷酷非情ではないか。この世に神も仏もない。敬師郎は毎日、そんな繰り言を呟きながら暮らしているのだった。

タテヤマで買ってきたイチゴは、茨城県産の「とちおとめ」であった。敬師郎は家に帰ると、コートも脱がずにキッチンでイチゴを洗い、ガラスの小皿に盛って仏壇に供えた。

「母さん、君の好きなイチゴ買ってきたよ」

「まあ、よく気が付くのね。どうも有り難う」

「だけどこれ、スーパーでうっかり忘れてくるところだった。俺もそろそろ呆け始めたかな」

いつもの癖で一人芝居、敬師郎はまた独り言を言った。


黒のダウンコートに毛糸の帽子とグレーのマフラー、完全防寒をして家を出た。敬師郎は、三日に一度はタテヤマへ買い物に行く。

玄関から一歩外へ出ると、とつぜん寒風にさらされた。身を切る寒さに首を竦め、一瞬よろめいた。最近急に足腰が弱ってきたようだ。年末年始と、ごろ寝を決め込んだツケがまわってきたようだ。

敬師郎は気を取り直し、玄関の引き戸をきちんと閉めて施錠した。この街に空き巣や商店の金庫破り、下着泥棒などが多発しているという。そんな噂を耳にすると、敬師郎の血が騒いでくるのだ。まさかこんな寒空に下着泥棒はいないだろうが、敬師郎がまだ刑事になりかけのころ、大学の女子寮のベランダで一人の男を現行犯逮捕したことがある。

あれは狂ったような猛暑の夏で、確実な情報をもとに、車の中で三日間続けて張り込んだ。怪しい男が現れたのは、陽が落ちてまもなくだった。捕らえてみると、意外にも真面目そうな中学校の教師だった。

五十代半ばの彼にはもちろん妻子があった。初めてなんです。見逃して下さい。家族には内緒にして下さい。敬師郎の足元で土下座をして、命乞いするように手を合わせた。彼は家庭を守るのに必死だった。

可哀想だが仕方がなかった。そんな男に同情は禁物、敬師郎はむしろ初めての手柄に有頂天になった。結局彼は職を辞し、どこか田舎の方へ引っ越していった。ちょっとした心の迷いで、失ったものがあまりにも大きかった。

ところで敬師郎はタテヤマに行くとき、車を出さずに歩くことにしている。早足でも十七、八分は掛かるのでいい運動になる。糖尿病でインシュリンを打つ一歩手前なので、散歩を勧められている。いや、義務付けられているのだ。

じつは三年前に心臓の手術をしたのである。バルーン血管形成術といって、リスクを最低限に抑えられる有り難い治療法だ。足の付け根の血管からカテーテルを挿入して、細くなった冠動脈を拡張するのである。お蔭で敬師郎は命拾いをした。

どこからか食欲をそそるいい匂いが漂ってくる。もう昼時だった。焼肉とラーメンの匂いが入り混じった、複雑で強烈な匂いである。人々はそれに誘われて、誘蛾灯のようにこの街へ集まってくる。

以前は田畑ばかりの長閑な田舎だったが、二十年ほど前から建設の槌音が響いて、ファミリーレストランやスーパー、コンビニエンス・ストアなどが次々と姿を現した。

タテヤマに着くと、店の前の駐車場には、三十台ほどの車が停まっている。かなり混み合っているようだ。きっと、敬師郎と同じく正月明けの買い物なのだろう。

店の中へ入り、ショッピングカートに買い物カゴをのせて進んだ。敬師郎は左手のパン売り場からまわった。焼き上がる香ばしい匂いに誘われて、食パン一斤と菓子パン二個を買った。敬師郎の朝食は簡単なパン食で、パンにコーヒーとヨーグルト、それにトマトかバナナが付けばいい方である。

妻がいたころは、洗顔を済ませてテーブルに着くと、何も言わなくても温かなご飯とみそ汁が出てきた。けれども、敬師郎は朝からそんな面倒なことはできない。パンはあまり好きではないが仕方がないのだ。

突き当たりは鮮魚売り場だった。氷見のブリの刺身を探したが、影も形もなかった。この前は幸運だった。活きのいい朝とれで、しかもかなり安値で売っていた。富山のブリは高値で売れる都会へ流れていってしまい、地元民の口にはめったに入らない。

店内を見まわすと、いろんな客層がいることに気付いた。もちろん主婦が一番多いのだが、男性客もあちこちに見える。独身か単身赴任、それに敬師郎のような男やもめもいるのだろう。妻が亡くなった当時、一人で買い物するのが恥ずかしくて肩身が狭かった。

そのとき一組の老夫婦に目がいった。冷凍食品やアイスクリームなどの入ったオープンケースの中を、首を長くして覗き込んでいる。二人は盛んにあちこち指差しながら、商品を物色している。

敬師郎はいっときその光景に見とれた。思い返せば、妻と一緒にスーパーには一度も来たことがなかった。いやどんな買い物にも同行したことがない。敬師郎は、何か大切な忘れ物をしたような気がして胸が塞がった。

今日は少し多目に買った。何故かあの三番レジの彼女を意識していた。イチゴの礼を言いたかったし、侘しい男やもめと思われたくもなかった。それなのに、弁当と豚肉の味噌漬け、鮭の切り身、それに酒のつまみと、相変わらず既製品ばかりである。

広い店内にはレジが五番まであった。真ん中の三番レジに行くと先客がいた。六十過ぎの太った女である。紙幣を渡して釣り銭を受け取った女は、とつぜん頓狂な声を上げた。

「あれえ、あんた百円足らんよ」

「あら、そうですか。三百二十円お渡ししませんでしたか」

「もらっとらん。ほら、二百二十円しかないよ」

女は掌の硬貨を見せながら、レジ係の彼女を睨みつけた。

「あんた新米やね。しっかりしられよ。こんなことしとったら、店の信用に関わるよ」

するると、周囲から冷たい視線が一斉に集まった。

「はい、どうも済みません」

彼女は泣きそうな顔で何度も頭を下げた。敬師郎は可哀想になった。何か言葉を掛けてやりたいが、じっと堪えた。こんなとき、下手に慰められると尚更惨めになるのである。敬師郎はそれを身をもって体験していた。奥さんが亡くなられて淋しいでしょう。何かと不自由でしょう。お気の毒にねえ。そんな目で見られるのが、何よりも辛いし悔しいのだ。

「お願いします」

意地悪な女を追い払うように、敬師郎は自分のカゴを台の上にドンと置いた。

「いらっしゃいませ」

彼女は必死に気持ちを立て直そうとしている。

「この前はどうも……」

敬師郎はさり気なく言った。

「えっ、何でしたっけ」

「ほら、イチゴ。この前、イチゴを忘れるところだった」

「ああ、あのときのお客さん。ごめんなさい。この店にきてまだ日が浅いものですから、なかなかお客さんの顔が覚えられなくて」

「それはそうだよ。こんな大勢の客だ、それは無理だ。ただ一言お礼を言いたかったんだ」

彼女の目にみるみる涙が盛り上がってくる。敬師郎はとっさに胸の名札に視線を移した。

「小鳥遊」とある。読めない、何と読むのだろう。

「君の名前、それ、どう読むのかな」

話題を変えるのに好都合だった。

「えっ、これですか。『タカナシ』と読むんです。変わっているでしょう」

「タカナシ?」

「はい。私、タカナシケイコと言います。ケイコは風景の景なんです」

「良い名前だね。それにしても珍しい苗字だね」

「読める人はめったにいません。でも大好きなんです、この名前……」

「小鳥が遊ぶと書いて、タカナシねえ。どんな意味があるのかな」

「ええ、ちゃんと意味があるんですよ。タカはあの精悍な鳥の鷹、ナシはその鷹がいないという意味なんです。天敵の鷹がいなくなって小鳥が安心して大空を飛びまわっているという、そんな意味が込められているんです」

「なるほど」

そう言いながらも、敬師郎は納得したようなしないようような……。苗字には当て字や無理な読み方が結構あるのだが、やはり理解しがたい。それよりも、敬師郎はそんな意味の苗字「タカナシ」が好きだという、景子の方がむしろ気になった。

三日後、敬師郎はいつものように三番レジに行くと、景子の姿が見えなかった。代わりに、中年の顔馴染みのレジ係がいたので訊いてみた。

「タカナシさんはお休みかね」

「タカナシさん？　タカナシさんですか。ああ、彼女はインフルエンザに罹って、しばらくお休みなんですって」

何だか突き放した冷たい言い方である。

「それは大変だ。最近、あちこちで流行っているらしいね」

「そうながです。近くの幼稚園も三日間休みになって、共稼ぎのお母さんたちが困っていますよ。ところでお客さん、タカナシさんとお知り合いなのですか」

「いや、べつに。どうしてかな」

「だってあの名前、読める人めったにいないですよ。お客さんはどうして知ってるんですか」

「いや、それは本人に訊いたんだよ」

「まあ、教えてくれましたか」

「ああ、教えてくれたよ。なんで？」

「あの人、ちょっと変わっているんです。従業員の誰ともあまり話さないし、いまだに素性がはっきり分からんがです。まあ、店長は知っているんでしょうけれど。大体スーパーは客商売なのに陰気臭くて。お客さん、そう思いませんか」

「そうかなあ、俺はそんなふうには思わないけど。素直で良い人だよ」

するると、彼女はあからさまに嫌な顔をした。敬師郎は気分が悪くなって、足早に店を出た。タテヤマの前には四車線の県道が走っている。しばらく行くと、その道路の下を幅二十五メートルほどの川が流れている。神通川水系の一級河川である。透き通った雪解け水が豊かで、夏でも決して涸れることはない。

橋の中央に差し掛ると、とつぜん白いものが目の前を横切った。敬師郎は思わず欄干から身を乗り出すと、カラスより一まわり大きな白い鳥がいた。コサギだった。敬師郎は、鳥が川面に急降下する一瞬を目にしたのだった。

しばらく立ち止まってその鳥を見ていた。首も嘴も長い優美な鳥は、何度も嘴を水面に突き立てては飛び退いた。三回四回と繰り返すうちに、とつぜん羽を大きく広げて高く舞い上がった。嘴の先で、身を反らす小魚が銀色に光った。

鳥が飛び立つその瞬間、川面が乱れ飛沫が広がった。言われてみれば明るくはないかもしれない。何か悩んでいるのだろうか。重いものを背負っているのか。景子のことである。敬師郎の胸も次第に泡立ってくる。

また悪い癖が始まった。刑事はまず人を疑ってみる。いやその背後にある何かを詮索したくなる。そして善良な人を悪人から守る。命をかけて守るのである。気が付けば、いつの間にか敬師郎の胸に景子が棲み付いてしまっていた。

インフルエンザはもう治っただろうか。元気になっただろうか。今年は新型で質が悪いという。敬師郎は、景子のことが心配でならなかった。タテヤマへ毎日出掛けたが、五日過ぎてもまだ現れなかった。

六日目に十時開店を待ち兼ねて行くと、もうすでに客で賑わっていた。不思議に思って入口に張ってあるチラシを見ると、本日九時半開店とあった。今日は日曜日なので、三十分早く開いていたのだ。

迂闊だった。敬師郎は新聞のチラシを見たことがなかった。チラシは、売値のわずかな一円二円にしのぎを削っている。敬師郎は、そんなことにはあまり頓着しなかった。いやそれよりも、曜日の感覚が無くなったことである。毎日が休日なので緊張感が全くない。何もしなくても朝がきて夜がくる。ただ三度の飯を食べて寝るだけだ。まさに、妻が言ったとおりの状態になってしまった。

敬師郎は今日も三番レジに行くと、景子は忙しそうに働いていた。意外にも元気なので安堵した。

「お願いします」

「いらっしゃいませ。あら、どうも」

客とレジ係の月並みな挨拶だが、あれから暗黙裏に何か通じ合うものがある。

「風邪治ったの」

「ご存知だったのですか」

「ちょっと気になって、店の人に訊いたんだよ」

「まあ……」

景子は恥ずかしそうに目を伏せた。敬師郎はそんな一言二言が嬉しかった。一日じゅう家に籠っていると、一言も口を利かないことがある。たまに電話が掛ってきても、急に声が出てこないのである。

さすがに日曜日は朝から賑やかだった。敬師郎の後ろに何人も客が続いているので、早く支払いを済ませなくてはならなかった。背中を押されるように千円札を二枚出した。

釣り銭を受け取ろうとしたそのときだった。景子の左頬の髪の生えぎわに、青黒い地図のようなものが見えた。ストレートの髪が肩まであるので、今まで全く気付かなかったが、ふと髪を耳に掛けた瞬間にそれがはっきりと現れた。あれは何だろう。

「どうしたんですか、その顔」

思わず口を突いて出た。

「はい、あのう、階段を踏み外して転んだんです。駄目なんです私、そそっかしくて。あちこちよく痣をつくるんです」

景子は慌てて髪を下ろすと声が次第にしぼんでいく。

「危ないなあ、気を付けなくては」

敬師郎の声に力が籠った。考えてみればおかしな話だ。他人の彼女に何故こんな真剣になるのだろう。景子は単なる打ち身だという。それにしては傷の色が濃い。それより何より、階段を踏み外してあんなところに痣ができるだろうか。果たしてそれは本当だろうか。敬師郎は初めて景子にかすかな疑念を抱いた。


敬師郎は何年ぶりかで風邪を引いた。熱は出るし、喉も焼けるように痛い。夜、布団の中に入れば咳込んで眠るどころではない。日中は明るさで何とか遣り過ごすことができるが、暗くなると不安で子供のように泣きたくなった。

振り返れば子供のころはとても病弱だった。胃腸は弱いし、すぐに風邪を引いて熱を出す。心配した両親は柔道の道場に通わせた。もともと敬師郎は机に向かって勉強するよりも、身体を動かす方が性に合っていた。

お蔭で逞しく自信の持てる身体になった。大学卒業のときには三段の腕前になっていた。警察官を目指したのもそこにあった。もちろん風邪などめったに引かず、今はまさに鬼の霍乱だった。

もちろん熱が出たのですぐに病院へ行った。インフルエンザを怖れていたのだが、ただの風邪だという。ちゃんと食べていますか。少し抵抗力が落ちているようですね。掛り付けの女医は探るような目で言った。

図星だった。敬師郎は、何日も食事らしい食事をしていなかった。食欲はないので、もう一週間も買い物に行っていない。こんなとき、妻がいれば土鍋で柔らかな粥を炊いてくれるのにと、また愚痴が出てくる。

その夜、敬師郎は仕方なく近所のそば屋で食事をすることにした。最近全く利用していないのだが、外装が白壁のなかなか趣のある店構えである。

「何人さまですか」

店に入ってすぐ店員に訊かれて戸惑った。ここでも一人の客はあまりいないようだ。そういえば一人で来たことがない。以前に何度か来たが、家族か友人か必ず何人か連れ立って来ている。

敬師郎は一人ですと答えると、中央の二人掛けのテーブルに案内した。座ると何だか落ち着かない。三方を半透明なボード板で仕切られているが、これでプライバシーが守られるのだろうか。しかも仕切りのない左の窓際の席がまともに見えた。四、五人の若い女性が円卓を囲んで賑やかである。

敬師郎は山菜そばを注文した。麺類であれば荒れた喉でも何とか入っていくだろう。元気になるにはとにかく食べなくてはならない。

そのとき、隣から沈んだ声が漏れてきた。動かない人影が二つ、同じ二人掛けのテーブルである。

「怖いわ、あの人……」

「いつも私を見張っているような気がする」

「じゃ、警察に相談するか」

今度は男性の低い声だった。穏やかではない話だ。敬師郎は聞き耳を立てた。ふと景子の顔が目に浮かんだ。先日見たあの痣と話の内容が繋がったのだ。

景子の顔の痣を見たとき、予感したのはＤＶやストーカーの恐怖だった。どんな形であれ、最悪の場合殺人事件までに発展する。そんな不幸な事例をいくつも見てきた敬師郎は、他人事ではなかった。

出会い系サイトで知り合った女子大生と三十五歳の無職の男。女性は警察に何度も救助を求めたのだが、警告だけに終わっていた。ところが、警告から三日後に彼女は殺害されてしまった。警察は被害者から相談を受けていながら、女性を救うことができなかった。世間から非難されるのは当然で、後悔の残る嫌な事件だった。

それにしても遅い。注文したそばがなかなかこないのである。そうこうしているうちに隣の二人が帰ってしまった。女性は景子かどうか確かめたかったが、そのときそばが運ばれてきたのでそれきりになった。

もし、隣にいた女性が景子だとすれば、元刑事の敬師郎は放ってはおけないのである。何とか助けたい。守ってあげたい。そばを啜りながら、敬師郎は熱い正義感に燃えていた。気が付くと、窓際の席も静かになっていた。いつの間にか、女性たちが退席していったのだ。空席となった円卓の向こうに目をやると、凍てついた窓に街の灯が泣いたように赤く滲んでいた。

大寒に入ってから、本格的に雪が降りはじめた。敬師郎は雪のない年末年始を過ごしていたので、急に身の引き締まる思いがした。特に雪掻きが大変だった。かなり前に区画整理されたこの街は、道路の融雪装置がないのである。

ところで家事で一番苦手なのはゴミ出しである。敬師郎の町内では随所にステンレス製のボックスがあって、ゴミ収集日以外は南京錠で施錠されている。収集日は週二回で、前日の夕方五時から翌朝八時までに出さなくてはならない。敬師郎は朝が苦手なので夜に出すことにしている。ボックスまで少し距離があり、暖かい季節はそうでもないが、冬になると本当に辛い。車で運べばいいのだろうが、愛車が汚れるので歩いて運ぶことにしている。

敬師郎はその日もゴミをボックスに入れ、家へ引き返そうとすると、道の路肩で赤い軽四がスリップして動けなくなっている。夕方から急に気温が下がり、道路が凍結しているので、あちこちでよく見られる光景だった。

だが敬師郎は、そんな煩わしいことには関わらないことにしている。歳も歳だし腰など痛めると大変だ。自分のことで精いっぱいなのである。

「あのう、ちょっとお願いできませんかァ」

家へ帰りかけた敬師郎は思わず立ち止まった。

「済みません、車を押して下さーい」

振り返ると、降りしきる雪の向こうに女の白い顔が浮かんでいる。運転台から首を出して叫んでいるのだ。敬師郎は躊躇した。申し訳ないが無視しようと思った。だがまてよ、どこかで聞いたような声である。敬師郎は踵を返した。

「タカナシさん、タカナシさんじゃないか」

驚いたのは敬師郎だけではなかった。

「あら、イチゴのお客さん」

イチゴのお客さんとは面白いことを言う。急に親近感が湧いた。どんな形であれ、敬師郎を覚えていてくれたのだ。

「困ったわ。車がどうしても動かない」

そうと分かれば無視などできない。とにかく車を出さなくてはならない。敬師郎は即座に自分一人では無理だと判断すると、流れる車列に向かって手を挙げた。助っ人が必要なのだ。何台かは無情に通り過ぎていったが、やがて一台のトラックがスピードを落として近付いてきた。助かった。車から飛び降りてきたのは、二十歳ぐらいの青年だった。

景子が運転台でエンジンを掛け、敬師郎と青年は車の後ろから満身の力で押した。何度か挑戦するうちに後輪が動き出し、車はようやく雪の中から脱出した。

「助かりました。ここでお客さんに会わなかったら、私どうなっていたか分からない」

「こんな所で一体どうしたんですか」

「たった今、仕事から帰ってきたところなの。私の家、すぐそこなんです。あの公園の向こうのクリーム色のマンションの隣り。小さなアパートの二階に住んでいるの」

景子は公園の向こうを指差して言った。その指の先を凝視するが、窓の明かりすら認められない。それにしても、こんな近くに景子が住んでいるとは思ってもみなかった。

「よかったら一度遊びに来て下さい」

「だって家族がいるんだろ」

「いいえ、私は独り、お客さんと同じです」

「えっ、どうして俺が独りだと分かったんですか」

「買い物を見れば分かりますよ」

彼女は自信ありげに言った。そうか、見破られていたのか。敬師郎はそのとき、景子の油断ならない一面を見た気がした。


景子の家を知ってから敬師郎の胸に灯がともった。最近始めた散歩のコースはもちろんその公園の辺り。敬師郎はいつの間にか、彼女が住むアパートの周辺を歩いていた。

屋根も外壁も赤く錆びついたトタンの古いアパート。周囲には大小のビルが何棟か建っていて、その屋根は隠れ家のように低く沈み込んでいる。窪んだ暗い空間だけが秘密めいて、敬師郎は目が離せなかった。

よかったら一度遊びにきて下さい。もちろんそれは社交辞令だ。例え本心から出た言葉であっても、女一人の家へそう易々と行けるものではない。敬師郎には、まだ元刑事というプライドがあった。

散歩の時間は決まって景子がいる時間帯。出勤前の早朝か、灯がともり始める夕暮れのころ。特にどうこうする気持ちはなかった。ただ少しでも彼女の傍に居たかった。アパートの二階には二枚の玄関ドアがあった。だが、景子の家は左右どちらのドアか分からない。分からないけれども、あのいずれかに彼女が住んでいると思うと、敬師郎の胸が騒いだ。

景子とは、相変わらず三番レジで一言二言話すだけだが、それが楽しくてならない。回を重ねるごとに、距離が縮まっていくような気がする。敬師郎の勝手な思い込みだろうが、日々の暮らしが華やいでくる。

そんなある日の夕方、アパートの二階へ足早に上っていく若い一人の男を目にした。コートの前を両手で掻き合わせ、いかにも神経質そうな痩せた男。あんな男こそ要注意、一つ歯車が狂い出すと危険なのだ。

ふいに先日のそば屋が蘇った。隣から聞こえてきた深刻な会話、あれはストーカーに悩む女性の悲鳴ではないか。やはり、景子だったのだ。あの青い痣が何よりの証拠である。敬師郎は桜の木の陰に隠れて様子を窺った。男は左側のドアを開けて中へ入った。待つこと十五分、男はまた肩をすぼめて出てきた。こんな短時間では、心配するような事態は起きなかったようだ。

敬師郎はまるで現役時代の張り込み捜査だった。

翌日、三番レジに行くと、買い物カゴの底にメモ用紙が入っていた。景子はレジを打ちながら、商品を別のカゴに移すとき素早く入れたのだ。

「玉木さん、明日の昼ごろ、遊びに来ませんか。この前のお礼がしたいのです。私の家は二階の右側です」

そのメモを目にした瞬間、敬師郎の胸が高鳴った。「イチゴのお客さん」から「玉木さん」に変わっている。店の誰かに名前を訊いたのだろう。

だが冷静になってみると、女一人無謀な行動のようにも思えてくる。還暦を過ぎたといっても、敬師郎はまだれっきとした男である。どんな間違いを起こすか分からない。景子は自分を甘く見ているのだろうか。敬師郎を男の圏外にやってしまっているのだろうか。いやいやそんな卑屈な考えは年取った証拠、彼女は純粋にお礼がしたいのだ。

それより、何か相談したいことがあるのかもしれない。顔の痣を見てからそれは感じていた。特に最近気掛かりでならない。痣が何日経っても消えないのだ。さんざん迷ったあげく、彼女の誘いにのることにした。

母さん、分からないんだ。こんなときどうすればいいのかな。タカナシさんは、何を持って行けば喜んでくれるかな。まさか手ぶらで行くわけにもいかないだろう。相変わらず、写真の妻は何も応えてはくれなかった。

結局、花がいいと思い付いた。妻が入院していたとき、見舞客から切り花を沢山もらった。花の好きな妻は何よりも喜んで、花に埋もれて眠るように逝った。

翌日、敬師郎は花屋の店先に立って思案した。今まで、女性のために花を買ったことなど一度もなかった。老年の女店主は、無骨な男が戸惑う姿を見て、奥さまにプレゼントですか、と笑顔で如才なく言った。

すると、敬師郎の口から思わぬ嘘が飛び出した。そう、今日は妻の誕生日なんでね。どんな花がいいだろう。まあ、お幸せな奥さまですね。羨ましい。そう言われて、敬師郎は満更でもなかった。

結局、店主は無難なシクラメンを薦めた。いろいろ数ある中で、敬師郎は深紅の花を手に取った。景子とは、多分年の差が十年近く、シクラメンを眺めながら、青年のようにときめく自分が滑稽に思えてくる。

敬師郎は、シクラメンの鉢植えを抱えてアパートの二階に上がった。廊下でメモ用紙を開いて確かめた。景子の家は二階の右側とある。この前見た男は確か左側の家に入った。ということは、景子とは無関係だったのだ。

敬師郎は妄想に妄想を重ねていた。人を疑うことから始まる刑事という職業は、何と因果な職業だろう。よく目付きが悪く鋭いとも言われてきた。ここから脱皮できるのは何時のことだろう。脱皮できなくても、せめて景子だけは信じたい。

腕時計を見ると十一時二十分、敬師郎は右端のドアの前に立った。表札もチャイムも無い、まさに隠れ家そのものだった。敬師郎は高鳴る胸を抑えてノックした。すると、「はーい」と奥から明るい声がした。

敬師郎は景子の笑顔に迎えられて、一歩中へ入いると意外にも広かった。十畳ほどのリビング・ダイニングには鉤型のソファーと四角いテーブル、奥にはうす暗い和室が見えた。テーブルの上にはコーヒーカップと湯飲み茶碗、そして白い布巾を掛けた平皿がある。敬師郎はおずおずと、シクラメンを景子の胸元に差し出した。すると「まあ、綺麗！」と小躍りして、テーブルの中央に置いた。

「ほら、部屋の中が急に明るくなったわ」

「良かった、気に入ってくれて」

「もちろんよ。男性からお花を戴くなんて初めてだもの。さあ、お腹が空いたでしょう」

景子はそう言いながら、マジシャンのように平皿の布巾を取った。俵型のおにぎりのようなものが行儀よく並んでいる。

「これ、めはり寿司って言うのよ」

「ほう、めはり寿司ねえ」

「お昼は軽いそばでもと思ったんだけど、私、そばアレルギーなんです。酷いのよ、胸やけがして。それでこれにしたわ。私が生まれた和歌山の名産で、こちらに来てからも懐かしくてよく作るんです」

彼女は煎茶を淹れながら説明した。そして、平皿から小皿に取り分けて勧めてくれる。そうか、そばアレルギーか。それじゃこの前のそば屋の男女は関係がなかったのだ。

「美味しそうだ。名前は聞いたことがあるが、和歌山の名産だとは知らなかった」

「そう和歌山なのよ。私の故郷の素朴な味。『小鳥遊』という苗字も、和歌山方面にしかない独特な苗字なのよ」

「へえ、そうなんだ。じゃ、君の実家は和歌山なんだね」

「実家ですか。それが私の実家はもう無いんです。両親は早くに亡くなって、弟が一人いるんだけど都会へ行ってしまったわ。私も帰る気持ちなんてないんです」

「そうか、今は核家族でそんな家が増えているね」

「本当ね、淋しくなるわ。何だか根なし草のようよ。それよりどうぞ、これ召し上がって下さい」

「じゃ、遠慮なく戴くよ」

「ああ、その前にビールをどうぞ」

瓶を傾けられると無下に断れなかった。

「じゃ、一杯だけ。ほんとに一杯だけだよ」

敬師郎はビールを一口飲むと、めはり寿司を頬張った。大きさは一口大なので食べやすい。高菜の漬物で包まれた寿司は、口の中で鮭とゴマの香りが広がった。

「旨いよ。この塩加減がたまらないね」

「良かったわ。もともとこれは保存食で、昔はかなり大きく作ったらしいの。口に入れると、目を見張るほど大きいのでそう名付けられたらしいわ」

「なるほど、面白いね」

そう言いながら二個目の寿司を口に入れると、敬師郎はわざと目を大きく見開いた。

「まあ、真面目一方の人だと思ったら、玉木さんは案外愉快な人なのね」

二人は初めて笑った。笑った後で、景子は急に真顔になった。

「玉木さん、この前は本当に有り難うございました。助かりました。今日もお忙しい中を来て下さって本当に嬉しいわ」

「いやいや、忙しいだなんてとんでもない。いつも暇を持て余しているよ」

それは事実だが、敬師郎はそんな不甲斐ない自分が情けなかった。けれども、景子の前では素直になれる自分がいて驚いた。

そのときふとテレビの上に目がいった。可愛い女の子の写真で、赤い花柄の振袖を着て千歳飴を持っている。おでこの丸顔が景子にそっくりだ。

「あれは君の娘さんかな」

「ええ、三歳の七五三のときに撮ったの。今はもう三十歳になるわ。もしかしたら、結婚して子供がいるかもしれない」

まるで他人事のようで、やはり何か深い事情がありそうだ。

「こんな私でも一度は結婚したことがあるんですよ」

「そんなに自分を卑下するんじゃないよ」

「ところで玉木さん、私の顔のことどうして訊かないんですか」

「訊いたじゃないか。階段を踏み外して転んだんだろ」

「いいえ、玉木さんはそれを信じてはいない。もっとほかのことを考えているでしょう」

「どうしてそんなこと言うんだ」

そう言いながらも、敬師郎は彼女の言葉を肯定していた。顔の痣がいつまでも消えないからだ。どんな打ち身でも、一週間もすれば青から赤みを帯びて薄くなっていくはずである。

「本当は私に夫か恋人がいて、暴力を振われていると思っているんでしょう」

「違うのか。心配しているんだ」

敬師郎は、自分の気持ちをもて遊ばれているような気がして腹立しくなった。

「ごめんなさい。私のような者をそんな気に掛けて下さって」

「まあ、俺の思い過ごしなんだろうけど」

「そんな投げ遣りなこと言わないで下さい」

少し間があった。

「じつはこの顔、生まれつきなんです」

うすうす感付いてはいたがやはり衝撃だった。そして、そんなことまで言わせた自分を責めた。

「分かったよ。もうそれ以上何も言わなくていいよ」

「ええ、でも聞いて下さい。別れた夫は遠縁の人で、この顔を承知の上で結婚してくれたの。だから、誰よりも信頼していたんです」

景子は一瞬声を詰まらせた。

「でもやはり無理だったわ。彼は我慢していたのね。それが分かったのは式を挙げて一か月ほどしてから。いつの間にか私を避けるようになっていた。子供をつくるの怖れていたのね」

「どうして、そんなことないだろ。考え過ぎだよ」

「ううん本当なの。だって、私と同じ顔が生まれてくるかもしれないでしょう。彼はこの顔を見るたびに苛立って、酒におぼれるようになったわ。でも暴力を振るうような人ではなかった。役所のエリートだから全て理詰めでいくの。じわじわとしつこく、そしてついに言ったわ。決定的な言葉を」

夫は何を言ったのだろう。敬師郎は、景子の次の言葉を待った。今度はかなり間があった。

「そんな醜い痣の女を可哀想だから貰ってやったんだって。つまらないことで喧嘩になって、お互い口も利かなくなった後、とどめを刺すように言ったわ」

敬師郎はしばらく言葉が出なかった。景子は、同じＤＶでも言葉のＤＶを受けていたのだ。

「でもね、男と女が同じ屋根の下にいると子供はできるのね。不思議ねえ。望まない子供なのにできてしまうの」

「そんなこと言っちゃ駄目だよ。子供には罪がないんだから」

「ああ、そうだった。そうですよね。生まれてきたのは、ほらあんなに可愛い子。こんな醜い痣など何処にもない、色白な子だった。私はあの子がいたから生きてこられた。夫の冷酷な言葉にも我慢してたの。でも限界がきたわ。可哀想だから貰ってやった。その一言が耳から離れなくて、どうしても許すことができなくなった。それでついに……」

「分かったよ。本当にもうその話は止さないか」

「それでついに」の後が怖かった。何故か危ういものを感じたのだ。刑事独特の嫌な予感だった。

「いいえ、聞いて下さい。それから離婚があっさり成立したわ。私は小学二年生の幼い子を置いて家を出たの。仕方がなかった。子供はあちらがどうしても離さなかったし、私は母親としての資格もなかったんです」

敬師郎は内心ほっとした。何処にでもありがちな顛末で胸を撫で下ろした。

「それで富山へ来たんだね」

「ええ、ずいぶん昔のことよ、なるべく遠くへと、あてどもなく列車に乗って。富山の駅に着いたとき、ぼたん雪が降っていたわ。眺めていると暖かそうな雪だった。優しそうな真っ白い雪だった。ここでなら出直せるかもしれないと思ったの」

「そうだよ。富山はいい所だ」

「本当にそうね。こんなに良い人にも出会えたし。玉木さん、折角来て頂いたのに嫌な話聞かせてごめんなさいね。こんなつもりじゃなかったの。でも、お蔭で気持ちが少し軽くなったわ」

気が付くと、いつの間にか四時を過ぎていた。そろそろ帰らなくてはならない。ビールも一杯どころか、勧められるままかなり飲んでしまった。これ以上長居すると、取り返しがつかないことになる。敬師郎は自分を律する自信がなかった。

今夜客が来るからと言って腰を上げた。景子はしきりに引き止めるので、一つの約束をした。暖かくなったら二人でドライブしよう。君が行きたい所、考えてみてくれないか。すると、景子はようやく納得してくれた。

景子の家に遊びに行ってから五日が過ぎた。今日も三番レジに行くと、また彼女の姿が見えなくなっていた。

「タカナシさん、お休みかな」

「あら、お客さん。ご存知なかったのですか。彼女、昨日この店辞めていきましたよ」

「辞めた？　どうして」

「さあ、知りませんね。いくらパートと言ってもとつぜんですから、店長が困っていますよ。急いで代わりの人を募集しなくてはならないですからね」

「それはそうだ。何かあったのかな」

「何もありませんよ。前の日まで元気に仕事してたんですから。お客さんこそ、何か心当たりないですか。彼女とずいぶん親しそうではなかったですか」

「馬鹿を言うんじゃないよ。それにそんなこと、俺が知るわけないじゃないか」

「それはそうですね、済みません。でもちょっと気になることがあるんです。彼女、玉木さんのことをいろいろ訊くんですよ。奥さんは何時亡くなられて、仕事は何をしていた人かと。それは真剣に訊くんです」

「それで、君はどう答えたんだ」

「奥さんが亡くなられたのは多分二年前で、玉木さんの職業は刑事さんだったと言ったわ。すると彼女の顔色が急に変わって。私、いけないことを言ったかしら」

「いいや、間違いないよ」

「ああ、そうそう、それからあの名前、偽名だったそうよ。どうりで変な名前だと思ったわ。何から何まで不思議というか怪しいというか、本当に分からない人だった」

　敬師郎は急いでタテヤマを出ると、その足で景子の家へ直行した。足が重く気ばかりが急いた。もつれそうな足でアパートの階段を上り、ドアの前に立った。一度ドアをノックしたが応答がなかった。

今度は何度も続けてノックした。けれども、家の中は静まり返っている。敬師郎はついにドアを力まかせに叩いた。だがドアは押しても引いても開かない。敬師郎を頑固に拒絶しているようにさえ思える。

玄関の横に窓があった。半分擦りガラスの縦長の窓である。伸び上がって見ると、いくつかの小さな焔が固まって見えた。よく見ると、それは見覚えのあるシクラメンの花だった。

すると、隣のドアが開いて白髪の老女が顔を出した。

「お隣さんは昨日引っ越していかれましたよ。何でも急だったようで」

老女は寒そうに三角ストールに顔を埋めて、すぐに家の中へ引っ込んでしまった。

その夜、久し振りに夢を見た。敬師郎は景子を探していた。童心に返ってかくれんぼをしていた。公園の入り口にある少女のブロンズ像の後ろか、滑り台の向こうか、それとも水飲み場の辺りか、あちこち必死で探したが彼女は何処にもいなかった。

疲れ果てて芝生に倒れ込むと、「ここよ、ここよ」と景子が何処かで呼んでいる。思わず立ち上がると、とつぜん後ろから目隠しされた。温かくしなやかな指が敬師郎の顔を覆った。景子の手だった。敬師郎を呼ぶ声があんな遠くから聞こえたのに、彼女はすぐ後ろにいた。とっさに素早く掴まえ、力いっぱい抱きしめた。抱きしめた途端に、敬師郎の脇をするりと抜けていった。思わず空を見上げると、一羽の白い鳥が飛んでいった。

敬師郎は思い出した。今になって気が付いた。あれはかなり前、顔に痣のある女の事件。女は夫の暴言を許すことができなかった。可哀想だから貰ってやった。そんな一言が女を狂わせた。投げつけられた言葉の刃。女は思わずガラスの灰皿を手にした。的を外して投げたつもりが、逃げる夫の後頭部に当たって意識不明となった。幸い一命は取り留めたが、重篤な後遺症が残り女は殺人未遂で逮捕された。

あれは懲役三年だったか四年だったか。場所も何処だったか、はっきりと記憶にない。もちろん北陸の話ではない。温暖な表日本の話だ。

公園の上にはそよ風が吹いていた。どこからか沈丁花の花が匂ってくる。雪解けの春を告げる待望の花だった。景子が姿を消しても、敬師郎は相変わらず散歩を続けていた。

あの夢は何だったのか。景子は、敬師郎の手の届かない遠くへ行ってしまったのか。もう、二度と逢えないのか。景子が住んでいたアパートの前に立ちながら、敬師郎は耐えがたい淋しさに襲われた。

母さん、君は今何処にいるのかな。あんなに憧れていたマチュピチュだもの。あの天空の都市で、のんびり暮らしているんだろうな。楽しく幸せな毎日を過ごしているんだろうな。タカナシさんも、俺の知らない遠い所へいってしまった。鳥になって空の彼方へ飛んでいったよ。今ごろ鷹のいない大空で、思いっきり自由に飛びまわっているに違いない。母さん、君にお願いがあるんだ。頼みたいことがあるんだ。もし彼女に会うことがあったら、伝えてくれないか。わずかな時間だったが楽しかった。君に逢えて幸せだったと。

公園の何処かでヒヨドリが鳴いた。

夢占い

平成二十三年の三月末、雪乃さんが入所しているひまわり苑から電話があった。友里恵は勤務先の美容院から帰宅したばかりで、まだ着替えも済ませていなかった。家に帰るとすぐに手を洗う習慣で、泡立つ石鹸を急いで流すとリビングの電話に駆け寄った。

受話器を取ると、「もし、もーし」と苛立ったような甲高い女の声が耳に響いてきた。

「友里恵さん？　田村友里恵さんですか」

「はい、私、田村友里恵ですが」

目の前に眼鏡を掛けた丸顔が浮かんだ。施設長の矢野さんだった。

「雪乃さんのことで、話したいことがあるがです」

話したいこととは一体なんだろう。どうせろくな話ではない。嫌な予感がして、受話器を握る手に汗が滲んでくる。

「ちょっとお聞きしますけど、お宅の親戚か何処かでご不幸があったんですか」

「えっ、どうしてですか。どういう意味ですか」

ご不幸と言われては聞き捨てならない。

「じつは今朝、食堂に喪服を着て現れたがです」

「誰がですか」

「だから、雪乃さんですよ」

矢野さんの声がいっそう高くなった。

「あのうですね。襟元と袖口に可愛いフリルの付いた黒いワンピースです。八十過ぎてもあの若さですから、よく似合うというか、華やかというか、とにかく目立つがですよ。食事をしながらみんな唖然としてしまって……」

広い食堂の制止画像が見えてくる。

「まあ、縁起でもない。申し訳ありません。もちろん、誰も亡くなっていません。きっと、悪い夢でも見たのでしょう」

お世話になっている以上、ここは低姿勢でいかなくてはならない。

「私もそんなことではないかと思って、すぐに部屋へ連れていって、着替えをするように注意したんですが、どうしても葬式に行かなくてはならないと言ってきかれんがです。誰の葬式かと訊いても答えてくれないし。仕方がないから、部屋に食事を運んで一人で食べてもらいました」

棘のある言葉が友里恵の胸に突き刺さってくる。済みません。済みません。友里恵は電話の前で何度も頭を下げながら、明日必ずそちらへ伺いますので、と言って電話を切った。幸い、明日は月曜日で仕事が休みなのである。

受話器を置くと、喪服を着た雪乃さんの顔が目に浮かんだ。白い顔にくっきり紅を引いた化粧は、まるで田舎芝居の女優のようで、にんまり笑うとたちまち無数の皺が刻まれた。

友里恵は普段、二番目の母、つまり義理の母を「雪乃さん」と呼んでいる。雪乃さんも、義理の娘を「友里恵さん」と呼ぶ。そんな適度の距離感が、二人の親子関係をかろうじて保っているのだと思う。

三年前まで、父と雪乃さんは富山の市街地にある実家に住んでいた。ところが、父がとつぜん心不全で亡くなった。雪乃さんがおかしくなったのは、四十九日の納骨を済ませてまもなくだった。

あれは梅雨の最中で、雨の簾を眺めているだけで気の滅入る嫌な日だった。友里恵は実家の近くのマンションに住んでいるので、その日の夕方、雪乃さんの様子を見に行った。すると、満足に食事もせずにテレビの前で呆然と座っていた。

父は凍てつく一月末の早朝、トイレに立って倒れてしまった。雪乃さんが付いていながら、助けることができなかったので、ショックがよほど大きかったのだろう。それ以来、友里恵は雪乃さんの様子を時々見に行くことにした。

ところが、あの日の電話で決定的になった。

うす暗くなりかけたやはり夕方だった。あの人が帰ってこないのよォ。雪乃さんは泣きそうな声で電話をしてきた。仕方がないじゃないの、もう手の届かない遠い所へ行ってしまったんだから。友里恵は幼子を諭すように言うと、雪乃さんは直ぐさま言い返した。

違うわよ、今朝早く鮎釣りに出掛けたんだから。鮎釣りですって、何処へ？　もちろん神通川よ。今夜のおかずは鮎の塩焼きだって、勇んで出て行ったのだから。そういえば、鮎釣りが解禁になったばかりだった。

友里恵は、そんな雪乃さんを放ってはおけなかった。義理の仲でも戸籍上は母親である。友里恵は子としての責任があった。いずれこんな日がくると思ってはいたが、まだ真剣に考えたことがなかった。

翌日、掛かり付けの開業医に紹介状を書いてもらって、大学病院へ連れて行った。大学病院の神経精神科の医師は、五十代半ばの痩せた神経質そうな男性であった。毎日、人間の心の闇を見詰めていると、こんな雰囲気になるのだろうか。

初日は問診だけで、数日後に朝から脳の写真を撮った。午後になって、付き添いの友里恵だけが診察室に呼ばれた。雪乃さんを廊下に待たせて診察室に入ると、ＭＲＩの写真画像を見せられた。

ほら、脳がこんなに縮んでいるでしょう。隙間もあります。この部分には血が通っていないんです。断層写真を指し示しながら、医師は矢継ぎ早に言った。かなり高圧的な言い方で、友里恵はただ頷くしかなかった。

だが脳がどの程度縮んでいるのか、どこが隙間なのか、それもよく分からない。そうだと言われればそうだと思うし、そうでないと言われればそうでないと思う。結局、雪乃さんはアルツハイマー型認知症と診断された。

重い宣告だった。老齢からくる軽い認知症はある程度覚悟はしていたが、アルツハイマーは他人事だった。けれども、医師にとっては日常茶飯事なのだろう。動揺する友里恵を横目に見ながら、おもむろに口を開いた。

残念ながらこの病気は治りません。ですが今はまだ初期ですから、薬で進行を遅くすることはできます。気長に病気と付き合っていって下さい。医師は、同情とも慰めともつかぬ複雑な目をして言った。

だがそんなふうに気遣いながら言われると、ますます不安になってくる。頭の病気と付き合うなんてできるのだろうか。いやできるはずはない。友里恵には仕事があるし、もちろん雪乃さんと一緒に暮らすことなど毛頭できない。

例え友里恵に仕事がなくても、同居は考えられないことだった。とにかく、雪乃さんを預かってもらう施設を探さなくてはならない。しかも急がなくては。友里恵は、翌日から施設をあちこち必死に探しまわった。けれども、何処へ行っても何十人待ちで玄関払い。もちろん、電話では話も聞いてくれない。友里恵は疲労困憊、途方にくれた。そんなある日、郊外の県道の脇に可愛い看板を見付けた。

—ご自由にご見学下さい—

黄色い造花で縁取られた看板が、闇の中の光明のように現れた。見渡せば広大な田園の中に、赤い大きなスレートの屋根が陽に輝いている。ひまわり苑だった。友里恵はその看板に導かれるように玄関へ入っていくと、事務所の小窓が開いて矢野さんの顔が覗いた。

見学ですか？　どうぞ、どうぞ。彼女は愛想良く友里恵を迎えてくれた。幸い一部屋だけ空いているという。地獄に仏だった。翌日、雪乃さんは面接に臨んだ。すると、驚くほど立派な受け答えをした。

「施設に入ってどのように過ごしたいですか」

「はい、沢山友達を作って、毎日楽しく過ごしたいです」

そんな調子でどんな質問にも的確に答えるので、多少の認知は大目に見てくれた。

早速入所と決まり、雪乃さんの遠い親戚と友里恵の二人が保証人になった。続柄の欄に「子」として署名捺印する友里恵の手元を、矢野さんは不思議そうに見ている。

「ん？」

「ああ、この人は父の二人目の奥さんなんです」

「あれ、そんながけ」

「私の本当のお母さんではないので、『雪乃さん』なのよ」

友里恵はあっけらかんとして言った。

「なるほど……」

矢野さんはあっさり納得させられて、鳩が豆鉄砲を食らったような目をした。友里恵の答えは明晰なようだが、聞かされた方はやはり疑問が残るだろう。通常、父親の奥さんは二人目であろうと三人目であろうと「お母さん」である。それは重々分かってはいるのだが、友里恵にはお母さんと呼べない深い事情があった。

雪乃さんが晴れて入所した日、朝から太陽がじりじり照りつけていた。施設の前の花壇には沢山のひまわりが咲いて、満面の笑みで迎えてくれた。友里恵は、手土産に五十個の酒饅頭を用意した。大きな饅頭の箱を、両手に押し頂くようにして門を潜った。雪乃さんは、友里恵の後ろから、幼稚園児のようにおぼつかない足取りでついてきた。

ひまわり苑から電話があると、友里恵は落ち着かなかった。気持ちが急に重くなる。電話の内容は、ほとんど雪乃さんの苦情なのである。美容専門学校を出てからずっと独身で通してきた友里恵はもう四十九歳、親身になって話を聞いてくれる人もいなかった。もちろん、幾つかの恋もした。何か月と短い男性もあれば、十年以上続いた忘れられない男性もいる。だがいずれも実を結ばなかった。

ひまわり苑は、社会福祉法人の軽費老人ホームである。身体機能が衰えて要介護の状態になっても、自立した生活が送れるように体制を整えている。開設されてから五年しか経っていないので、苑内はまだ新しく何処を見ても清潔である。

初めて見学に行ったとき、友里恵はその内容の素晴らしさに驚いた。驚いたというより感動した。風呂は良質なアルカリ天然温泉で、シアタールーム、図書室、運動室などと全てが揃い、まさに夢の施設だった。

但し三度の食事は出るが、掃除、洗濯、入浴は自分でしなくてはならない。要するに、食事付きのマンションのようなものである。もちろん六十歳以上から入所可能で、現在四十五人いる。そのうち男性がわずか七人で、ここでも平均寿命の違いがはっきりと表れていた。

部屋は個室で、四畳半と六畳の二間に二坪ほどの庭が付いている。手前の四畳半にはＩＨクッキングヒーターと小さな流し台、奥の六畳間にはベッドと押し入れ、それに作り付けの洋服ダンスもある。だから簡単な料理もできるし、図書室で折り紙や人形作りなど趣味を楽しむこともできる。奥の部屋から眺める庭には、一本の大きな柘植の木と一基の雪見灯籠が鎮座している。灯籠の両側には紫陽花と椿が植えてあるので、ささやかながら季節感も味わうことができる。

ところが、雪乃さんの場合は微妙なのである。初期とはいっても病気は深刻だし、頭を悩ます言動も時々ある。まして、季節感など味わうことができるのだろうか。病状がこれ以上悪くなれば、この施設を即刻出なければならない。友里恵は常にその恐怖に怯えていた。

友里恵は、ひまわり苑に一か月に一度は必ず行かなくてはならなかった。雪乃さんを、掛かり付けの病院に付き添って行くのだ。アルツハイマーのほかに、血圧やコレステロールを下げる薬、夜よく眠れるように誘眠剤も貰ってくる。だからいつも駆け足で、雪乃さんとゆっくり話をする暇がなかった。

現在、雪乃さんは入所して二年半になるが、今までわりと落ち着いていた。洗濯や掃除、そして入浴も何とか問題なくこなしていたので安心していた。病気が完治したかと思ったくらいだ。それなのに一体どうしたというのだろう。

このような電話が入ると、家族は施設にすぐに顔を出さなくてはならない。仕事を持っている友里恵にとっては、面倒で億劫なことだった。けれども、そう思う自分が嫌でたまらない。矢野さんに、どこか逃げ腰の自分を見抜かれているようで気が引けた。

事実、それは図星なのだ。正直言って、友里恵は雪乃さんの存在が重荷なのである。血の繋がらない雪乃さんの老後を看なければならないとは、理不尽ではないか。けれども、雪乃さんには実子も兄弟もいないのだから仕方がなかった。

病院には一週間前に行ってきたばかりである。一か月分の薬をどっさり貰ってきたので、しばらく行く必要がなかった。だから、明日は雪乃さんとゆっくり話ができるだろう。久し振りに腰を据えて話を聞こうと思う。

確かに、朝の食堂に喪服を着て現れるとは異常である。さぞかしみんな肝を冷やしたことだろう。一体、雪乃さんに何が起きているのだろうか。そして、誰の葬儀に行くつもりだったのだろう。

翌日、ひまわり苑に行く前に実家に寄った。実家は神通川の堤の傍にあった。約一キロ続く堤には、戦前から数百本のソメイヨシノが植えられている。テレビで開花は四月四日ごろと報じていたから、まもなく大勢の花見客で賑わうことだろう。

空き家になって三度目の春を迎えた家は、世間から忘れられたようにひっそりとしていた。庭の手入れも行き届かず、繁茂する草木の中で静まり返っている。一本の大きな紅葉の木が降り注ぐ朝日を遮り、低い中二階の家は影絵のように暗くおぼつかない。

家の中に入った途端に、饐えたようなにおいがした。父の煙草と雪乃さんの化粧のにおいだった。まさに、二十五年近く二人が住んでいた家である。

　ひまわり苑に行くとなれば、持っていかなくてはならないものがあった。雪乃さんに頼まれていた、黄色い薄手のセーターと日傘である。日傘はすぐに見付かった。雪乃さんの言うとおり、下駄箱の傘入れの中に大切に仕舞ってあった。数本の雨傘に混じって、清々しい水色が見えた。小模様のレースの日傘で、雪乃さんの記憶は確かだった。

　ところが黄色いセーターが見付からない。雪乃さんの整理タンスにあるというので、上の引き出しから順に見てみるが、それらしいものはなかった。諦めて帰ろうとすると、誰かが何処かで軽い咳をした。思わず辺りを見回すと、隣の座敷の鴨居に目がいった。父と母の遺影が上がっている。黒々とした髪の五十近い母と、頭髪の薄い八十過ぎの父、二枚の写真が並んでまるで親子のようだ。

　友里恵はそこに母の気配を感じた。母は子供のころから腺病質だったらしい。気管が弱く、身体の成長もはかばかしくなかった。両親はそんな母を心配して、気心の知れた遠縁の父と結婚させたという。

　まだ肌寒い春、記憶に残っているのは、奥の寝室で寝たり起きたりしている母の姿だった。微熱があり、咳も二週間ほど続いていた。それでも母は、「ただの風邪よ、すぐに治るわ」と言って、何とか家事をこなしていた。

そんなある晴れた日、母はよほど気分が良かったのだろう、庭先で草をむしり始めた。それを目にした父は、お前だけの身体じゃないんだと言って厳しく叱った。母はしぶしぶ腰を上げて、病院へ行った。

それが始まりだった。母は肺結核と診断され、すぐに隔離病棟に入れられた。それは友里恵が小学四年のときで、そのまま長い闘病生活が始まった。母は友里恵の小学校の卒業式にも、中学校の入学式にも出られなかった。

父は自動車会社に勤めていた。母が家にいなくなって二年三年と経つうちに、何故か父の帰りが遅くなった。深夜、勝手口からこっそり入ってくる父の足音を、友里恵は眠ったふりをして聞いていた。

そのころ、友里恵は多感な中学生だったので、大体の見当はついた。何処か居心地のいい場所ができたのだろうと思った。そしてそこにはどんな女性がいるのだろう。友里恵は、父の行動を冷やかに見るようになった。

父がついに帰らない日があった。朝帰りした父は妙に優しかった。無口な父が、朝食を食べながら何故か饒舌だった。父は必要以上に友里恵を気遣い、そして顔色を窺った。

いずれにしても、病室で家のことを心配しながら、寝ている母の方がよほど辛いのだ。そんな母の心中を察すると、家事と勉強に追われても何も言えなかった。けれども、父の心は外へ向いたままだった。そんな父に腹を立てながら、友里恵は独りで食事を取った。晴れた日は、沈んでゆく夕日を見ながら涙ぐむこともあった。

入院してから七年後、母はようやく隔離病棟から一般病棟に移された。友里恵は高校生になっていた。それまで見舞いもできなかったが、母の顔を見に行く楽しみができた。母は顔色が良く、日に日に元気になっていった。退院も夢ではなくなった。けれども、父の態度は変わらなかった。

ある日見舞いに行くと、母はとつぜん訊いた。お父さん、どうしてる？　毎日、ちゃんと家に帰ってくるんでしょう。友里恵は思わず目を逸らした。どう答えていいか分からない。そんな友里恵を見て、母は何かを察知したようだった。

どうしたの、お父さんに何かあったの。ううん、何でもない。お父さん元気でいるよ。友里恵は動揺し、急に涙が溢れ出た。それまで抱え込んでいた胸のしこりが、一気に溶け出したのだ。母はそれ以上、何も訊かなかった。

次の日、とんでもないことが起きた。母が無断で病院を抜け出してきたのだ。まだしっかりしない身体をおして、夕方めがけて家に帰ってきた。母は念入りに化粧をしていた。引っ詰め髪をバッサリ切って、ショートカットにしている。病院にいる母とは別人で、綺麗というよりどこか無気味だった。

それでも友里恵は嬉しかった。有頂天になった。だがすぐ現実に戻りうろたえた。父の現状を知られてはいけない。友里恵はこっそり電話で知らせると、父は何食わぬ顔で夕方定時に帰ってきた。

「なんだ、帰って来たのか。大丈夫なのか、こんなことして」

「もちろんよ。先生が一晩だけなら帰ってもいいとおっしゃったのよ」

母は涼しい顔で言った。半信半疑のまま、友里恵は親子三人揃った喜びに浸った。けれども、父と母は一言二言交わすだけで何故かよそよそしい。その穴を埋めるように、友里恵はわざと明るくはしゃいで見せた。

父の秘密の行動は、ただ母のいない淋しさを埋めるためだけのものなのだ。母への愛情は変わらない。一時の心の迷いだ。これで全てまるく収まる。友里恵はそう信じたかった。

ところが翌日の朝早く、父は食事もせずに出社していった。母も父を見送ることはなく、いつまでも寝室から出てこなかった。その夜、二人にどんなことがあったか分からないが、家の中には冷え冷えとした空気が漂っていた。母の様子を見にいくと、布団の上で蹲って泣いていた。友里恵は何も言わずに、そのまま襖をそっと閉めた。学校への道すがら、きっと父と母は元の夫婦に戻れなかったのだろうと思った。

言うまでもなく、結核は怖ろしい伝染病である。母は隔離病棟に入れられ、見舞いに行けなかったのもそのためである。快方に向かいいくら菌が出なくなったといっても、父は母に近付くことができなかったのではないか。いやそれよりも、もう気持ちが離れてしまったのかもしれない。

ところが母は諦めなかった。その後、度々病院を抜け出してきて父を困らせた。母は身体を張って、父を取り戻そうとしていた。優しい母が狂人となって父に迫ったのである。友里恵は、壊れた夫婦の醜さを嫌というほど見せつけられた。

当然、母の病気は悪化し、再び隔離病棟に入れられた。そのとき、友里恵は金沢の美容専門学校に入学したばかりだった。父から危篤の知らせが入ったのは、土曜日の午後だった。友里恵は学友と買い物の途中で、すぐに駆け付けたが間に合わなかった。

母が隔離病棟に移されてから、父は病院へ足しげく通っていたようだ。けれども、友里恵はそんな父を素直に見ることができなかった。それはただ世間体のためだ。今さら偽善者を装って、と心の中で悪態をついた。

母が病院から無言の帰宅をした朝、春の嵐が吹き荒れていた。庭の木々は身をよじり、若葉を空に舞い上げた。追い風によろめく父は、家の中へ運び込まれる遺体に取りすがって泣いた。享年四十九で、母は足掛け十年の闘病生活だった。

友里恵は、ひまわり苑の駐車場に車を停めた。雪乃さんの日傘と、新しく買ったセーターを持っていくと、シルバーカーを押しながら歩いてくる二人の老女と擦れ違った。「こんにちは」と笑顔で挨拶を交わし、友里恵はその元気そうな姿を羨望の目で見送った。

入所者は、「外出届け」を出せばいつでも出掛けることができる。外泊も自由で、一泊の温泉旅行ぐらいは行くことができる。雪乃さんも頭の病気さえなければ、もっと楽しい老後があったはずだ。

そのとき、急に水を高く跳ね上げる音がした。右手に瓢箪型の泉水が掘られていて、鯉が身を翻し、尾鰭で水面を叩きつけたのだ。そこにはずんぐり肥った鯉が十数匹いて、人の気配がすると餌を求めて素早く水面に上がってくる。いや、餌というより、自分の存在を誇示しているのかもしれない。

人間も老いて世の中から忘れ去られそうになると、不安で悲鳴を上げたくなる。悲鳴は、全身からほとばしる哀しみの声である。それが認知という形で表れ、家族は戸惑いおののく。雪乃さんもこの鯉のように、不可解な言動で友里恵を引き寄せ、濃密な母子関係を切望しているのではないか。

開け放たれた玄関に入ると、廊下でラジオ体操が始まっていた。ここでも男性より女性の方がはるかに多い。十人ほどの入所者がラジオに合わせて、手足を動かしている。友里恵は雪乃さんを探したが見当たらなかった。事務所の前で「ご訪問カード」に名前を記入していると、小窓から矢野さんが顔を出した。

「あら、友里恵さん、あんた来てくれたがけ。忙しいのにご苦労さま」

「昨日はお電話有り難うございました。雪乃さんの様子はどうでしょうか。体操にも出てきていないようだけど」

「体操ですか。雪乃さんはめったに出てきませんよ。困っているんです。雪乃さん、あれから食事もせんと部屋に閉じこもったきりで。私、少し強く言い過ぎたもんだから、機嫌そこねてしまったみたいで、とにかく話をよく聞いてあげて下さい」

「まあ、どうしたのかしら。分かりました。お世話かけます」

雪乃さんの部屋は事務所の斜め向かいにある。ドアを開けようとすると鍵が掛っていた。

「雪乃さん、友里恵です」

ドアをノックしながら声を掛けると、いつもの甘えた声が返ってこない。しばらくしてもう一度呼んでみるが、やはり応答がなく部屋の中は静まり返っている。

矢野さんが様子を見にきたので、「雪乃さん居るんでしょ」と訊くと、「居る居る、必ず居るちゃ」と首を縦に振った。

「いつも、こんな朝から鍵を掛けているんですか」

「そんなことないちゃ。やっぱり怒ってるんだわ」

矢野さんは眉間に皺を寄せて不安そうだ。ドアに耳を当ててしばらく中の様子を窺っていると、トイレの水の流れる音がした。

「なんだ、トイレに入っていたんだ」

矢野さんはほっとして事務所へ引き返していった。

部屋の中へ入るとテレビを点けたままである。多分、雪乃さんは一日じゅう観ているのだろう。最近、液晶カラーテレビに買い替えたのでとても鮮明に映る。今日も東日本大震災の映像が流れていた。海から町へ山のような大津波が押し寄せ、家も電柱も船も玩具のようにみるみる押し流されていく。目を覆うばかりの光景だ。三月十一日の震災の日から、テレビは繰り返しこの惨状を放映している。

「雪乃さん、昨日の昼からご飯食べていないって聞いたけど、どうしてなの。どこか具合でも悪いの」

「ああ、ちょっとお腹が痛くてね。最近、便秘と下痢を繰り返して何だか調子が悪いんや」

「まあ、それは困ったわね。お医者さんに薬出してもらいましょうか」

「いいよ、いいよ。そのうち治るよ。こんなことよくあるんだから」

いつもは念入りに化粧をしているのだが、今日の雪乃さんは素顔のままだ。

「ところで雪乃さん、昨日の朝に喪服を着て食堂へ行ったそうだけど、一体誰の葬式に行くつもりだったの」

「まあ、そんなこと、もうあんたの耳に入ったがけ。矢野さんやろ。あの人、すぐ告げ口するんだから」

「あら、矢野さんのことをそんなふうに言ったら駄目よ。とてもお世話になっているんだから。それより、誰が亡くなったのよ」

「ほら、この人たちや。私、津波に流された人たちの葬式に行くんや」

雪乃さんはテレビの前へにじり寄って、食い入るように画面を見つめる。

「こんなに沢山の人、死んでしまって可哀想に。私、なんとしてもお参りに行きたいんだけど、矢野さん駄目だと言うんや。嫌いだわあの人、本当に意地悪なんだから」

友里恵は胸を突かれた。そういえば、震災以来、雪乃さんは何だか落ち着かない。酷く動揺しているようだった。友里恵は、雪乃さんの意外な一面を見た気がした。雪乃さんは案外良い人なのかもしれない。優しい人なのかもしれない。

気がつくと、雪乃さんは探していた黄色いセーターを着ている。実家の整理ダンスにあると言っていたが、この部屋の洋服タンスに仕舞ってあったのだろう。そんな勘違いはよくあることなので、友里恵はあえて追及しないことにした。

　雪乃さんの喪服騒ぎから半月が過ぎた。今日は病院に付き添って行く日だ。矢野さんから、医師に雪乃さんの現状を説明して、薬を変えてもらったらどうかと助言されていた。友里恵は、矢野さんの言うとおり医師にすがるしかない。

　ひまわり苑に行くと、雪乃さんの様子がまたおかしい。いつもは着替えを済ませて玄関口まで出ているのだが、今日は何故か姿が見えない。部屋へ入っていくと、まだ普段着のままだ。愛用の藤椅子に座って、何だか不機嫌そうだ。

「どうしたの。今日は病院へ行く日でしょう」

「いいや、私は行かない。病院には行かないよ」

　雪乃さんはとつぜん立ち上がり、友里恵を睨んで踏ん張った。いつになく興奮している。

「どうしたの。今日は病院へ行く日だって言ってたでしょう。矢野さんからも聞いているはずよ」

　友里恵は念のため、病院へ行く前日に、必ず事務所に電話をすることにしている。

「いいや、誰が何と言ったって私は行かないよ。私はあの先生、気に入らんのや」

　すると、矢野さんが心配そうに様子を見にきた。

「何があったか知らないけれど、朝から病院にはもう行かないって、その一点張りながよ。友里恵さん、何か心当たりないですか」

「さあ、分からない。やはり、病気のせいかしら」

たとえ病気のせいでも腹が立つ。多忙な中をせっかく出て来たのに、こんな我儘は許せない。友里恵は思わず叫んだ。

「薬を飲まないと病気が進んで、死んでしまうから。死んでもいいの」

「ああ、私はいつ死んでもいい。どうせ迷惑ばかりかける命だもの。どうでもいい命だもの」

雪乃さんも間髪を容れず叫んだ。友里恵は情けなくなった。哀しくなった。どうでもいい命なら、こんなに苦労することはないのである。

すると、嫌な記憶が胸の底から迫り上がってきた。遠い昔のことだが、いまだに忘れることができない。じつは、雪乃さんは本当に死に掛けたことがあるのだ。しかも、自分の意思で……。


母が肺結核で亡くなってから父は一変した。遺された父が心配で、友里恵は専門学校の休日には、必ず金沢から家に帰っていた。父は炊事洗濯をこまめにし、気丈に独り暮らしを続けていた。意外だった。父にこんなことまでできるのかと驚いた。

そんなある日、父と夕食を取っていると電話が鳴った。友里恵は夏休みで家に帰っていた。父は電話に出ると、顔がみるみる蒼白になり、血相を変えて家を出ていった。その夜、父は帰らなかった。気が付くと、父の携帯電話がテーブルに置かれたままである。これでは連絡のしようがなく、父からの電話を待つしかなかった。友里恵はまんじりともせずに夜を明かした。

翌朝、父は疲れ切った顔で帰宅した。そして、初めて雪乃さんの存在を打ち明けた。お得意さんの未亡人で、長い間とても世話になった。その雪乃さんが、薬を飲んで自殺を図ったという。幸い一命は取り留めた。母が亡くなった後、父と雪乃さんの間に何があったか知らないが、雪乃さんがそのような行動に出なくてはならない何かがあったことは確かだった。

母さんにあんな仕打ちをして、彼女とはもう終わりにしたいと思った。父は肩を落としてそう言った。雪乃さんをそこまで追い詰めたとすれば、父は男としての責任が問われるだろう。別れるにしても、相手が納得するまで話し合わなくてはならない。

別れの宣告は、雪乃さんにとって失望の何ものでもなかっただろう。だが、本当に死を覚悟していたのだろうか。もしかしたら脅しかもしれない。いずれにしても、死でもって抗議するのは卑怯だと思う。

雪乃さんの気持ちが分からないわけではないが、友里恵はやはり不愉快だった。雪乃さんはどんな性格の女性なのだろう。それまで一度も会うことがなかったので、友里恵は想像することさえできなかった。

ところがある日、雪乃さんと鉢合わせになった。その夏、専門学校の友人と立山登山をすることになって、準備のため家に帰った。すると、雪乃さんが来ていた。二人はまだ続いていたのだ。雪乃さんを見たとたん、綺麗な女性だと思った。目鼻立ちのはっきりとした、意志の強そうな人だとも思った。連絡も入れずに友里恵がとつぜん現れたので、父はしどろもどろになった。けれども、雪乃さんは落ち着いていた。

長い間、お父さんにお世話になっています。手をついて挨拶する雪乃さんは、揺るぎない自信に満ちていた。まるで、お父さんのことは私に任せて下さい、と言っているようである。小心者の父としっかり者の雪乃さんは、もう似合いの夫婦だった。

やがて友里恵は美容専門学校を卒業し、富山市内のある美容院で働くことになった。それを機に実家の近くの賃貸マンションに入いり、独り暮らしを始めた。友里恵は全てを水に流し、父と雪乃さんの仲を認めた瞬間だった。そして、友里恵が父から自立した瞬間でもあった。

まもなく、父は雪乃さんと再婚することになった。雪乃さんの自殺未遂に怖れをなしたのか、それとも本当の愛に気付いたのかいまだに分からない。友里恵はあえて反対しなかった。むしろ再婚を勧めた。友里恵は、父から早く解放されたかったのかもしれない。

そうと決まると、父は本当に嬉しそうだった。それまで、友里恵に遠慮していたことも分かった。もちろん、雪乃さんは嬉々として父のもとに引っ越してきた。父が五十六歳、雪乃さんが五十二歳のとき、お蔭で父は穏やかな老後を送ることになった。

医者に行くのはイヤだ。死ぬほどイヤだ。雪乃さんはさんざん抵抗し困らせた。友里恵は、そんな雪乃さんを何とか宥めて車に乗せた。それでも、助手席に座りながら浮かぬ顔をしている。自分の意思が通らないと黙り込んでしまう。雪乃さんの常套手段だ。

病院の待合室に入ると番号札を渡された。十一番で、今日はいつもよりかなり遅くなってしまった。朝の待合室はみるみるいっぱいになった。ようやく順番がきて診察室に入ると、医師は意味ありげな顔で迎えてくれた。

「やあ、おはよう」

医師は子供に話し掛けるように、雪乃さんの顔を覗き込んだ。

「田村さん、あんた昨日の夜、ぼくに電話をくれたね」

先生はうすら笑いを浮かべて、雪乃さんに問いかける。だが、雪乃さんは俯いたきり顔も上げない。友里恵は何のことだか全く分からなかった。

「あのう先生、何かあったのでしょうか」

「ええ、電話ですよ、真夜中の。あれは十二時近くでした。枕元の電話が鳴りましてね。思わず飛び起きて受話器を取ったら、この田村さんでした」

「まあ、そうだったんですか。先生、お休みのところを本当に済みません」

思ってもみない事態に驚いた。

「そんな夜中にどうして電話するのよ」

友里恵は思わず、子供を叱るような口調になった。

「まあまあ、こんな仕事をしていると緊急の電話は入りますから気にしないでください。それより、電話したの覚えている？　田村さん、どうですか」

雪乃さんは肩をすぼめて恐縮している。どうも電話の記憶はあるようだ。

「それにしても夜中は困るよ。これから気を付けて下さいね」

それでも雪乃さんは、認めることも謝罪することもしない。干支は寅年なので、かなり強情なのだ。帰りの車の中で問い詰めると、雪乃さんはようやく重い口を開いた。

「昨日、病院行く日だと思って待っていたがや。だけど友里恵さん、あんたなかなか迎えに来てくれないもんだから、病院へ電話したんよ。友里恵さん、先に一人で行ってしまったのかと思って」

「なに言ってるのよ。あなたを置いて行くわけないじゃない」

雪乃さんはまただんまりを決め込む。雪乃さんは、昼と夜の区別もつかなくなったのだろうか。いやいや、たまたま勘違いしただけだ。また悪い夢でも見たのだろう。友里恵は心の中で、自分で自分を励ますように呟いた。

雪乃さんが再び事件を起こした。それを事件といっていいのかどうかなのか分からないが、とにかく最も嫌なことが起きてしまった。夜の七時ごろ、矢野さんからまた電話が入ったのである。

「友里恵さん、すぐ来てくれんけ。雪乃さんが暴れておるがです。財布が無くなったと言って、どうにもこうにももう手が付けられんわ」

その財布は、雪乃さんの誕生日に友里恵がプレゼントしたものである。若草色で横長の大きな財布だ。雪乃さんには少し派手かと思ったが、とても喜んでくれた。よほど嬉しかったのか、それを大判のハンカチでしっかり包んでいた。

財布の中には一万五千円入っていたという。保険証が無い。鍵が無い。以前にもこれと同じことが度々あったので、友里恵はさほど驚かなかった。また始まったという気持ちだった。いずれにしても、部屋の中を探せば思わぬ所から必ず出てくるのである。

ところが今度は違う。深刻だった。雪乃さんは、特定の人を名指しで攻撃しているという。すぐに駆け付けた友里恵が目にしたのは、いつもの雪乃さんではなかった。興奮の頂点に達した、怖ろしい別人だった。

「泥棒！　昨日の夜、あんた盗っていったやないか。見てたんや。私の財布こっそり盗んでいくの」

　雪乃さんと小柄な老女が廊下で睨み合っている。ターゲットにされた彼女は、もちろん負けてはいない。全身に怒りを込めて言い返す。

「なんであんたの財布なんか盗らんならん。どんな財布？　若草色？　そんなの知らんな。私、長いこと生きているけど、人さまから後ろ指差されることは一回もしたことない。変な言い掛かりをつけて」

　友里恵は申し訳なくて身も細る思いだった。

「ごめんなさい。ごめんなさい。この人、頭の病気なんです。許してください」

　友里恵は思わず雪乃さんを背後にまわし、何度も頭を下げた。

「でもね、この人、朝から私を指差して言うんだよ。泥棒、泥棒って！」

　ついにここまできてしまった。もちろん、雪乃さんの勘違いだ。話を聞かなくても分かっている。物取られ妄想の重症化だ。矢野さんが遠くから諦観の目を向けている。あれは見放した冷ややかな目だ。雪乃さんは、もうこのひまわり苑にはいられないだろう。

　泥棒、泥棒猫め！

他人《ひと》の夫を盗んでいい気なもんだ。
あの女、絶対許さない。
殺してやる。
地獄に落ちてもいい、殺してやる！

聞こえてきたのは母の慟哭だった。血走った目で母が叫んでいる。あれは昼だったか夜だったか記憶は定かでないが、血の叫びが聞こえてくる。もともと北側の陽の射さない暗い部屋、空回りする言葉が激しければ激しいほど哀しかった。雪乃さんが、そんな母に重なった。友里恵は叫んだ。落ち着いて、落ち着いて、安心して。もう何も心配することはないから。

それにしても、母の平穏は何処にあったのだろう。果たしてあったのかどうなのか。同じ「泥棒」でも雪乃さんとは意味が違うが、相手を糾弾する最後の言葉。人は加害者になったり被害者になったり、そんなことを繰り返しながら生きている。

いずれにしても、母は病が招いた哀しみ、そして苦しみ。けれども雪乃さんは老いの証し、いずれ友里恵もゆく道である。誰もが辿る道である。

「雪乃さん、疲れたね。さぁ、部屋で少し休みましょうか」

友里恵は雪乃さんの肩をそっと抱き寄せた。肩が小刻みに震えている。痩せて薄い肩だった。何故、こんなことになるのだろう。友里恵は雪乃さんのために初めて泣いた。

部屋に戻り、雪乃さんをベッドに寝かせた。枕元には猫のぬいぐるみがあった。雪乃さんは毎晩、この猫を抱いて寝ている。両の掌にのるほどの小さな猫なので、友里恵はしばらく気が付かなかった。ある日、介護士がシーツ交換をしようとしたとき、それが床に転がり落ちた。そっと拾い上げると、猫は甘えた声で鳴いた。友里恵は思わず言った。雪乃さんの大切な相棒なのね。

ふと、大学病院の明るい診察室を思い出した。神経精神科の医師の前に、友里恵は雪乃さんと二人並んで座った。

「田村さん、お隣の人をぼくに紹介してくれませんか」

「はい、この人は私の大事な人なんや。私の一番大事な人ながです」

問診は、雪乃さんの思いがけない言葉から始まった。友里恵はたじろいだ。それは、雪乃さんが友里恵の懐にすっと入ってきた瞬間だった。

軽い寝息が聞こえる。雪乃さんは、今日もぬいぐるみの猫をしっかりと抱いている。じっと見ていると、口元がかすかに緩んだ。雪乃さんは夢を見ているのだ。どんな夢を見ているのだろうか。きっと、良い夢を見ているに違いない。

街はずれにある明るい美容院。結構大きな二階建ての店舗である。一階が理容室で二階が美容院となっている。友里恵の職場はもちろん二階で、道路の向こうに広い公園が見渡せる。椅子に座って見下ろすと、いつの間にか四季の移ろいに目を奪われている。春は桜、夏は百日紅、秋は黄金色に輝く銀杏の大木、冬は白い雪原となって長い眠りにつく。

ここへ来ると嫌なことが全部忘れられる。私のオアシス、あなたの仕事は素晴らしい仕事よ。カットに、シャンプー、マッサージ、おまけにコーヒーまで出して頂いて、いつもうとうと夢の中。そんな常連さんの嬉しい言葉。八十過ぎの礼儀正しいご婦人、和服をゆったり着こなし、楚々として現れる。うとうと夢の中のついでに、不思議な夢占いの話をしてくれた。信じるか信じないかは人それぞれだけれど、私は心酔しているのよと。

白い蛇の夢を見るとお金がたまる。地震や火事は、大きなチャンスに恵まれる。高い所から落ちる夢は、疲れが溜まっているから気を付けなさい。そういえば高校受験の前日、友里恵はビルの屋上から落ちる怖ろしい夢を見た。

忘れられないのは歯が抜ける夢。ご婦人は眉を八の字に寄せて言った。身内に不幸が起きるのよ。そんなこと、友里恵はまともに信じてはいないけれど、親知らずが抜ける夢を見て、本当に父が死んだのを思い出した。

あのご婦人、最後に来たのはいつごろだったろう。独り暮らしができなくなったから、名古屋の娘の所へ行くの。吉夢を見たのよ。だから安心して行くの。あら、それは良かったですね。でももう逢えなくなるのね、淋しくなるわ。

そんなこと言わないで。落ち着いたら、手紙を書くわよ。必ず書くわよ。だから、あなたも返事を下さいね。あれからもう一年になるが、手紙はいまだに来ない。ご婦人の書く手紙は、さぞかし流麗な毛筆だと思うが来そうにない。

雪乃さんもきっと夢を見たのだろう。あの老女が、夜中にこっそり財布を盗っていく夢。雪乃さんは、私は見ていたんだとはっきり言いきった。あの自信はどこからくるのだろう。ところが驚いたことにそれは吉夢、やがて幸運が舞い込んでくるという。

それにしても、喪服から始まった一連の出来事は友里恵を困惑させた。雪乃さんの頭の中がどうなってしまったのか。最近、ものすごい嵐が吹き荒れている。けれども友里恵は何もできない。雪乃さんをただ見守るだけだ。

この部屋に来ると、テレビがいつも震災の惨状を流していた。雪乃さんの楽しみはテレビしかない。毎日食い入るように観ながら、映像の中にどっぷり浸かっている。涙目をティシュペーパーで拭きながら、テレビの前にきちんと正座して。

雪乃さんは、この部屋で黒い大津波が迫ってくるのを体感していた。泥水は掛け替えのない日常を飲み込んで、雪乃さんもその中で浮いたり沈んだり、息も絶え絶えに生きている。

あの人たちは一体どうなってしまったのだろう。二万人近くの尊い命と行方不明者、一瞬にして露と消えてしまった。

信じられない。信じたくない。けれどもそれは夢のような現実。雪乃さんはじっとしていられなかったのだろう。そしてその朝、久しく着たことのない喪服に袖を通した。

一か月後、雪乃さんは次の施設に移ることになった。認知症専門のグループホームである。

「こんなに早く行き先が決まるなんて、やはり吉夢のお蔭ね。今度こそみんなと仲良くできたらいいね、ねえ母さん」

雪乃さんの耳元でそっと囁いた。囁いた後で、友里恵は自分の耳を疑った。

そのときふいに、「母さん」が天から降りてきたのだ。羞恥心の伴ったどこか甘ったるい響き。忘れかけていた懐かしくも優しい言葉。けれども、耳の遠い雪乃さんの耳に届いたかどうか、それは分からない。

今度も手土産の酒饅頭を用意した。五月の蒼い空の下、友里恵は饅頭の箱を捧げ持って、グループホームの門を潜った。雪乃さんは相変わらず、幼稚園児のようにおぼつかない足取りでついてきた。

女と松の木

〈松の木が枯れるのは不幸の兆し。やがて、その家の主人が亡くなってしまうだろう。松の木をゆめゆめ粗末にするではないよ〉

時々、女の耳にそんな恐ろしい言葉が聞こえてきます。風邪を引いて熱っぽいときや、つまらないことで悩んで寝不足のときなど、誰かがそっと囁きかけてくるのです。

ついさっきも、それが呪文のように聞こえてきました。女はこの蒸し暑さで熟睡できず、朝方になって嫌な夢を見ていました。どんな夢であったか、目が覚めると同時に忘れてしまいましたが、とにかく嫌な夢でした。

それでも女はいつものように仕事部屋に入りました。東側の明るい六畳間ですが、そこに座ると不思議に気持ちが落ち着きます。女は正面の出窓から庭を眺めながら、毎日着物を縫っているのです。

庭といっても十坪ほどのこぢんまりとした庭で、特別めずらしい木はありません。紅葉や柘植、梅、椿などの、どこの家にでもあるありふれた木ばかりです。けれども、築山にある黒松だけは違います。幹が太く、枝ぶりも美しくて威厳があります。その優美な姿を見るたびに、女は感嘆の声を漏らすのです。

女は高校を卒業してから街の和裁教室に通って、念願の和裁技能士一級の資格を取りました。女とはいえ、経済的に自立することが大切だと考えたからです。気が付くと、一度も結婚しないまま四十の坂を越えてしまいました。

窓の外には、今にも泣き出しそうな梅雨空が広がっています。よく見ると小糠雨が降っています。昨日も今日も、うっとうしい雨続きなのです。女は眼鏡を鼻の上にのせながら、深い溜息をつきました。

〈松の木をゆめゆめ粗末にするではないよ〉

またもやあの不気味な声が聞こえてきました。低く掠れた老人の声なのですが、あれはきっと亡くなった祖母の声に違いないと思うのです。

女は幼いころからおばあちゃんっ子でした。雪の降る寒い夜には、必ず祖母の布団の中へ入っていきました。祖母の股座《またぐら》に冷たい足を突っ込んで、温めてもらうのです。その瞬間、祖母はヒェーと悲鳴を上げるのですが、それでも黙って迎え入れてくれます。やがて女の足が温かくなってくると、祖母は昔話を話し始めます。声色《こわいろ》を使って男になったり女になったり、顔を歪めながら語る話は臨場感に溢れていました。

愉快な話や悲しい話、そして怖い話、いろいろありましたが、女は何故か怖い話に引き付けられました。例えば片方だけの手袋を拾うと不幸になる、夜中にネズミがとつぜんいなくなるとその家が火事になる、などなど。祖母はそれらに尾ひれをつけて、話を面白くするのです。

もちろん松の木の話もありました。ある一本の松があまりにも威勢よく伸びるので、畑や田んぼに陽が当たらなくなり、作物が枯れてしまいました。そこで農民が枝を切り落としたところ、その人が大怪我をしたというのです。松の話だけでも五つ、六つあります。いずれも松を敬い育てることで、幸福と家の繁栄が約束されるという内容でした。

女の家は山懐の村の中にあります。今は村ではなくてちゃんとした町の名前が付いていますが、やはり村と呼んだほうがぴったりきます。村には、農協と郵便局と小さなスーパーがあるだけです。そんな淋しい村に、女は独りで暮らしているのです。

女が物心つくころには、もう母親がいませんでした。農協勤めの父と祖母の三人家族でした。父と母はあまり仲が良くなかったようで、女が三歳のときに、母は洋服を売りにきた男と蒸発したのだそうです。

村人の話では、母は日本人離れした彫りの深い顔で、擦れ違うと誰もが振り返って見るような美人だったようです。けれども、女には全く見当がつきません。家の中には、母の写真が一枚もないからです。女は、母が美人だったと言われれば言われるほど戸惑ってしまいます。母の顔をいろいろ想像してみるのですが、靄が立ち込めたようで、その輪郭すら分からないのです。ですから、母に何の感情も湧いてきませんでした。

和裁の道に入ったのは祖母の影響です。祖母は、若いときから着物を縫っていました。祖母の仕事部屋には、いつも色とりどりの綺麗な端切れが散らばっていました。女はそれらを縫い合わせて、人形やお手玉を作って遊びました。ある日、祖母は目を細めて言いました。

「香織ちゃんは手が器用なんだねえ」

「きっと、おばあちゃんに似たんだよ」

女の口から自然とそんな言葉が出ました。幼いながらも、そう言えば祖母が喜ぶのを知っていたからです。

「そうかもしれないね。幸子さんは針を持つと手に汗が滲んでくると言って、針仕事が全く駄目だった」

幸子というのは女の母親です。女はふと、母の家出の原因がそこにあったのではないかと思いました。母は祖母ともうまくいっていなかったではないか。まだ小学生にもならない女の、ずいぶん大人びた想像でした。

しかし女はまだ子供でした。相変わらず祖母の昔話に夢中でした。この世にはいろんな約束事がある。説明のつかない不思議な出来事もある。それを侮ったり嗤ったりしてはいけない。祖母は毎日、まるで占い師のようなことを言うのです。

女はそれを信じていました。けれども中学生から高校生になると、さすがにそんなわけにはいきません。全く根拠のない話だと、聞き流すようになりました。ところがそれを打ち消すような、怖ろしい出来事が起こったのです。

それは女が高校二年の夏休みでした。山のセミが狂ったように啼く、あの暑い日を今も鮮明に思い出します。父は夜明け前から、釣りに出掛けました。山の渓流には、イワナやヤマメが沢山いるのです。

女も何度か連れていってもらいましたが、深い山の中には平地とは違った爽やかな風が吹いていました。岩に腰を下ろして目を閉じると、風と渓流の音が共鳴して、まるで水のゆり籠に揺られているようでした。

ところがその日、父は夜になっても帰ってきませんでした。夕方、四時ごろには必ず戻ってくるはずです。女は不安になりました。もしかするとこのまま母のように、姿を消してしまうのではないかと心配になりました

女はいろいろ考えました。父は岩を踏み外して、激しい水の流れに飲み込まれたのではないか。それとも、クマや毒ヘビに襲われたのではないか。そして、それまで考えてもみなかっ

た母の家出の恐怖が現実となってきたのです。

そのころ、祖母は持病の心臓病が悪化して床に伏せっていました。祖母はこんな一大事に、何もできない自分を嘆きながら女に言いました。父さんはそのうち帰ってくるよ、必ず帰ってくるから。


翌朝、何人かの村人が家にやってきて、玄関の戸を激しく叩きました。父が釣り場から三キロほど川下で、水死体で発見されたというのです。すると、祖母がか弱い声で言いました。

「庭の松は大丈夫かな。この暑さで枯れてはいないか」

女は我に返りました。祖母の看病にあけくれて、しばらく水をやっていなかったのです。案の定、門冠りの松が赤茶けて枯れていました。門冠りの松は、松に宿る神が客を呼び、家に財物が集まるという大切な木なのです。

女は松の亡骸の前で膝を折りました。松の木をもっと大切にしていれば、こんな不幸は起きなかった。私が父を殺したようなものだ。女は自責の念にかられて、悲痛な声を上げて泣きました。警察の検視では、父は心臓麻痺の発作が起きて川に落ちたのだろう、ということでした。ところが、それだけでは終わりませんでした。一か月後に、祖母までが亡くなってしまったのです。

今朝、耳元であの呪文のような声を聞いてから、女はいろいろ思い出されてなりません。払っても払っても、まとわり付いてくる羽虫のようにです。女は仕立板の前に座りながら、また溜息をつきました。仕立板は祖母の使っていた古いものです。祖母が亡くなってから、しばらく納屋に入れてありました。取り出してみると、表面にヘラの跡が無数に付いてささくれていました。

ですが、どうしても捨てる気持ちにはなりませんでした。そこで、家具屋へリフォームに出して削ってもらいました。祖母がよく言っていたのですが、銀杏の木で作られた高級な仕立板だそうです。家具屋から戻ってくると、木肌が白く輝いて見違えるようになりました。

今日、縫い上げるのは京友禅染の振袖です。深紅の地色に桜や季節の花々を図案化したもので、本格派の古典柄です。街の呉服屋からきた注文で、お客さんは来年の成人式に着るのだそうです。こんな不況風の吹く中で、振袖を作るのは大変だと思うのですが案外注文があるのです。成人式には娘を精いっぱい飾って眺めてみたい、そんな親心なのでしょう。

けれども、結婚式の振袖はほとんどレンタルです。日常的にも、和服は窮屈なので敬遠されています。ですから、仕事はかなり少なくなっています。幸い祖母の代からの呉服屋なので、優先的に仕事をまわしてもらえるのです。

そんなことを考えていると、女は世間から取り残されていくような気がします。将来性のない古風な生活の中に身を置いているようで、落ち込んでしまいます。思い切って、街に出てOLでもしようかなと思うのですが、なかなか決心がつきません。

ふと女は自分の成人式を思い出しました。男は背広か羽織袴でしたが、女はやはり振袖でした。女は和裁教室に通っていたので、先生の指導のもとに自分の振袖を縫いました。もちろん初めての挑戦です。そう高級なものではありませんが、今も箪笥の引き出しに大切に仕舞ってあります。

そういえば、あのころが一番輝いていました。女には三つ年上の恋人がいました。毎朝、教室に通うバスの中で顔見知りになりました。ある日、男はとつぜん声を掛けてきたのです。

「どこかの学生さんですか」

「はい、和裁教室に通っています」

女は素直に答えました。男の背広姿が誠実そうに見えたからです。やがて、女はデートに誘われるようになりました。初めのころは喫茶店でお茶を飲んだり、レストランで食事をしたりしました。女にとって初恋に近いものでした。男は女のために新しい車を買い、女は有頂天になりました。夢にまで見た恋人とのドライブです。そして、女はある温泉宿で男に身を任せました。この人となら人生を共にしてもいいと思ったからです。

ところがその後、男の態度が一変しました。急に連絡が途絶えてしまったのです。待っても待っても電話がありません。事故か病気か悪いことばかりを考えて、女はついに男の家へ電話をしました。すると母親らしい人が出ました。相手は女の声を聞くと、一瞬黙ってしまいました。女は勇気を振り絞って、男の所在を訊きました。すると、彼女は冷たく言い放ちました。

「息子は東京に転勤しました」

そんなはずがありません。転勤だなんて寝耳に水です。例え転勤が本当だとしても、連絡してこないはずがありません。ですが、女にもプライドがありました。男に泣いてすがる醜態だけは見せたくありません。女は男に失望しました。後で考えたのですが、きっと私の母のことが知れたのだと思います。

自分には家族がいないとは言いましたが、母が男と蒸発したことは言いませんでした。そんなこと口が裂けても言えません。母は亡くなったと言ってあったのです。もし、男が離れていった理由がそのことだとすれば、明らかな事実なのですから仕方がありません。女はそのとき初めて母を恨みました。

雨が止んで窓から明るい陽が射してきました。梅雨の晴れ間です。女は針を持つ手を休めて、目の前の置時計を見ました。そろそろお昼です。女はいつもの癖で、ほっと頼りなげな息を吐くと窓の外に目を浮かせました。

するとと、ブロック塀の向こうに怪しい人影が見えます。黄色い野球帽を被っているので、若い男に違いありません。しばらく様子を見ていると、男は庭の中をしきりに気にしています。しかも、家の中の様子も見ているようです。女の一人暮らしを狙って、空き巣か強盗の下見でしょうか。いやいやそれが私の悪い癖、毎日外にも出ずに引き籠りのような生活をしているので、被害妄想も甚だしいのです。女は気を取り直して外へ出ました。

「あのう、何か御用ですかァ」

男はふいを突かれてこちらを見ました。帽子の鍔の陰から大きな二つの眼が光っています。

「この松、大変なことになっているよ」

「何ですって」

「松に毛虫が湧いとる。早く駆除しないと枯れてしまうぞ」

少し野蛮な声が返ってきました。晴れ上がった空に、甲高い男の声が水輪のように広がっていきます。そんな男などどうでもいいのですが、松が枯れると言われては聞き捨てなりません。

「まあ、どうしょう」

女は松に駆け寄りました。

「ほら、マツカレハの幼虫がうようよいるよ」

男は築山の黒松を指差しています。見ると葉といわず幹といわず、体長五センチほどの毛虫が張り付いています。茶色い胴体に白い繊毛が生えて、鳥肌が立つほど気味が悪いのです。女は思わず悲鳴を上げました。そして、すぐに納屋へ駆け込みました。

女はとっさに思い出したのです。たしか自家用の噴霧器があったはずです。父が使っていたもので殺虫剤もあります。女は埃にまみれた噴霧器と、茶色い小瓶を持ち出してきました。そして、庭の隅にある洗い場の前で立ち尽くしました。早くしないと松が枯れてしまいます。けれども、殺虫剤の使い方が分かりません。水で何十倍かに薄めるのですが、皆目見当がつきません。気が付くと、あの男が女のすぐ後ろに立っていました。近くで見ると、背の高い意外にも落ち着いた中年の男です。

「女にはとても無理だよ。さあ、かしてごらん」

男は急に優しい声になって、噴霧器に手を掛けました。女は素直に噴霧器を渡しました。すると、男は噴霧器に殺虫剤を数滴垂らして、水をすれすれに注ぎました。

女はそんな見も知らぬ男に頼る気持ちなど毛頭ないのですが、松を助けるには仕方がありません。男は噴霧器の紐を肩に掛けると、松の梢を見上げて仁王立ちになりました。松の木を相手に戦闘開始です。

男は松に向かって薬剤を吹き上げました。一瞬にして松は霧に包まれ、丸々と太った毛虫がポロポロ落ちてきます。それを見ながら、女は手を合わせました。外見だけで男を判断していた女は、深く反省しました。やがて、水道で手を洗う男の背中に言いました。

「女所帯でビールは無いけれど、冷たい麦茶でもどうですか」

ついビールという言葉が出たのは、植木屋にはいつも酒かビールを出しているからです。ですが、素性も分からぬ男にそれはとんでもないことでした。それに誰も訊きもしないのに、女所帯と口を滑らすとは何としたことでしょう。すぐに後悔したのですが、後の祭りです。ところがあっさりしたものです。

「これでも俺は忙しいんだよ。いや、本当に危ないところだった。散歩の途中で気が付いたんだから、この松はよほど運がいいんだ」

そう言い残すと、男はお茶も飲まずにそそくさと帰っていきました。わずか十五分ほどの出来事で、女は呆気に取られてしまいました。男が帰ったあと、女は松の下に散乱する毛虫を割り箸で拾い集めました。一匹、二匹、三匹、と数えながら、透明なビニール袋に落としていくのです。マツカレハの断末魔の声を聞きながら、女は例えようのない快感を覚えました。

女は男を待つようになりました。何故か胸が騒いでなりません。松よりも塀の外が気になって、仕事が手に付かないのです。あんな通りすがりの男などどうして待つのでしょう。女は自分でも不思議でなりません。ところが、男は本当にやって来ました。一週間後の朝でした。

「いやァ、おまえ無事だったか」

男は松を見上げて言いました。

「毛虫、二百匹もいたわよ」

「へえ、そんなにいたんか。それにしても驚いたな。あんた、毛虫を一匹一匹数えたんだ」

「そうよ、憎っくき毛虫だもの」

「女の恨みは怖いな」

「私、松のことになると命がけなのよ」

「変なこと言う人だな」

「そうなの。私は変な人なの」

女は照れ笑いをしました。

「あんたのことはよく分からないけど、松はもう大丈夫だ」

男もいつしか笑顔になっていました。見ると、男は水色のクーラーボックスを足元に置いています。

「これ、今朝釣ってきたんだ」

男は蓋を開けて、女の顔をじっと見ました。

「イワナだよ。あんた食べるか」

大きな目が哀願の色に変わっていきます。四十センチはあると思われる大きなイワナでした。

「食べるわよ。父がよく釣ってきて、いろいろ料理して食べさせてくれたわ。刺身、塩焼き、フライ、みんな父が作るのよ」

「そうか、それは良かった。川魚は好き嫌いがあるからどうかなと思って」

「でも父は亡くなってもういないの。私は捌くことができないから、悪いけど……」

女は暗に要らないと言ったのです。すると男は急に悲しげな顔になって、「じゃ、俺が捌いてやるよ」と言いました。そこまで言われて断るわけにはいきません。台所へ男を案内しながら、女はふいに父の後ろ姿を思い出しました。父はやはり背が高くて、出勤するときは背広姿でしたが、釣りに行くときは思いっきりラフな格好をして出掛けました。目の前の男は薄手のトレーナーを腕まくりして、まさに父の姿を彷彿とさせました。

全く男っ気のない家の中です。男が入った途端に、家中の空気が動き始めました。男は手際よくイワナの腹を裂いていきます。ただそれだけのことなのに、女は満ち足りた気持ちになりました。女は松の木を助けてもらったお礼がしたいので、住所と名前を教えて欲しいと言いました。男はいやいやと手で制して、帰っていきました。門の前で見送っていると、少し先を行った所で男はとつぜん振り返りました。そして、恥ずかしそうに言いました。

「俺の名前は光男、山野光男」

それから、女は黒松を「光男さんの松」と呼ぶことにしました。


ようやく梅雨が明けました。仕事をしながら窓の外を見ると、ぎらぎら輝く夏の空が広がっています。庭の木々も生き生きとして、光男さんの松も元気でした。男は一週間に一度は来るようになりました。花の苗や野菜や魚など、必ず手土産に何かを持ってきます。女は、そんな優しい男に出会ったことがありません。この人はきっと松が届けてくれた素晴らしい贈り物なのだ、と思うようになりました。

「あなたは一体どこに住んでいるの」

女はどうしても男の素性を知りたくなったのです。

「まあ、そんなことどうでもいいやないか」

「じゃ、奥さんや子供はいるの」

「それもどうでもいいことだよ」

「でもね、私は煩わしいことは嫌なの。分かるでしょう」

「そこまで言うなら白状するけど、女房は七年前に交通事故で死んだんだ。子供は一人、十九歳になる娘がいる」

「まあ、ごめんなさいね。辛いこと思い出させて」

「いや、いずれ分かることだよ」

「でも、娘さんがいて良かったわね。じゃ、来年成人式ね」

「ああ、最近生意気言うようになって困っているよ」

それ以来、男を見る目が変わりました。警戒心が解かれ、素直に振る舞うことができるようになりました。子の無い女は、男の広い胸の中で考えました。男の娘の振袖を縫う、自分の姿を想像していたのです。ところがもう十日も来ないのです。一日じゅう首を長くして待っているのに、何の連絡もありません。手紙や葉書が無理なら、電話ぐらいくれてもいいのにと思います。

若いころのあの男と重なって、女はつい悲観的になってしまいます。自分から電話すればいいのでしょうが、年頃の娘がいるのでそれは困ると言われています。ですから、どうすることもできません。ただ待つしかないのです。女は、光男さんの松が気になって仕方がありませんでした。松に変化がなければ男は元気なのです。女は毎日、松を見上げては男の無事を祈りました。幸い松は元気でした。

ある朝、女は新聞を見て驚きました。山野光男は交通事故を起こしていました。しかも、助手席にいた妻が死亡したというのです。妻のいないはずの男が、夫婦の旅行帰りに橋の欄干に激突したというのです。七年前に妻を交通事故で亡くしたというのは真っ赤な嘘で、皮肉にもそれが本当になってしまいました。

けれども女はまだ信じられませんでした。同姓同名ということもあります。女は呉服屋になりすまし、男の家に電話をしました。すると若い女が出ました。

「来年、成人式のお嬢さんがいらっしゃいますね。今度の日曜日に振袖の展示会を開くのですが、お出でになりませんか」

「振袖の展示会ですって？　今、それどころじゃないんです」

吐き捨てるような声でした。男の娘に違いありません。交通事故は本当でした。女は一晩泣き明かしました。べつに結婚を意識していたわけではありませんが、妻がいるのといないのとでは大違いです。妻がいないと思うからこそ、酒や食事を用意して待っていたのです。

そう思う後から男のことが心配になってきます。さぞかし悲しみにうちひしがれているだろうと、可哀想になってきます。いえいえ、そんな甘い考えだから騙されるのです。甘いというより愚かなのです。この家から男と出ていった母の血が、自分にも流れている証拠でした。

お盆が過ぎて、裏山から秋風が吹いてくるようになりました。女の家は久しぶりに賑やかでした。植木屋が二人やって来たのです。

「こんな立派な松をどうしてですか。ここまで大事に育ててきたのに、やはり切ってしまうんですか」

植木屋は首を傾げながら、残念そうに言いました。

「ええ、松の木はお金がかかるし、もう松を眺めている身分ではないのよ。ごめんなさいね」

けれども、それは女の本心ではありませんでした。松の木を切って、男への恋情を断ち切りたいと思ったのです。いえ、それより何より、松の呪縛から解放されたかったのです。

「謝るなら松に謝って下さいよ。堪忍してや、松は何も悪いことしないのに。この不景気で、木を剪定するより根こそぎ切り倒す仕事ばかりや。やれやれ」

チェーンソーを松の根元に当てながら、植木屋は涙ぐんでいました。ですが、女はもう泣きませんでした。やがて、松は小さく切り刻まれ片付けられてしまいました。すると、女はいそいそと冷蔵庫からビールを運んできました。

「さあさあ、植木屋さん。切りのいいところで一服して下さいな」

女は何事もなかったように、涼しい顔で言いました。

父の眼鏡

三月末の日曜日、両親が久し振りに私の家へやって来た。実家の母が朝早く電話をしてきて、父の眼鏡の調子が悪いので、この近くの眼鏡店へ同行してほしいという。

父が八十七歳、母が八十四歳で、ここ二、三年の間に、二人は急に足腰が弱ってきた。父は杖がないと歩けないし、母はかなりひどいO脚で、シルバーカーに頼らなくては足が前へ出ない。

私の家は富山市の南の郊外にあり、実家は車で十五分ほどの近距離にある。両親は弟夫婦と同居しているのだが、娘の気易さもあって、私に何かと相談事が多くなる。昔気質の父は、弟夫婦と些細な事でいざこざが起きるらしいが、核家族という現代の風潮を考えれば、一緒に住んでもらえるだけでも幸せと思わなければならない。

十時ごろ、両親は弟に車で送ってもらって来た。私は家の前に停まった車に駆け寄って、まず父の手を取り、そして母の手も取って、ゆっくり車から降ろした。その緩慢な動きを見ながら、改めて高齢の深刻さを思い知らされた。

門の前に立った父は、焦茶色のソフト帽に、ベージュのオーバーコートを着ている。ボタンを外したコートの下から、茶と黒の格子のマフラーが覗いている。上から下まで高級品を身に着けて、父のお洒落心はいまだ健在である。けれども母が手をかけ過ぎたので、異常なほどの寒がりで、まるで真冬のような出で立ちである。

　父は咳払いを一つして家の中へ入ると、おもむろにコートを脱いだ。そして、廊下の突き当たりの座敷へと向かう。座敷には仏壇があり、仏間を兼ねている。両親は私の家へ来ると、まず仏壇の前に座るのである。

「あれから何年になるかな」

　浄土真宗本願寺派の仏壇は、灯明がともると金箔の飾りが華やかに輝く。

「二十五年になるわ」

　仏前で合掌する父の背中に私は言った。

「そうか、もうそんなになるか」

「ほんと、早いもんだちゃ」

　母も父の隣で感慨深げである。私の夫は、昭和五十五年の夏に胃がんで亡くなった。両親は、若くして逝った娘婿をいつまでも忘れずにいるのだ。

　隣のリビングに行くと、春の日差しで明るかった。父は、ソファーに身を投げ出すようにして座った。着膨れた身体はその反動で、達磨さんを転がしたように反り返った。過剰な着衣によって、身体の自由を奪われてしまっている。

「祐一と祐二は元気なのか」

八畳の洋間をぐるりと見まわし、父は重ねて言った。

「ええ、二人とも元気よ。祐一は来月出張でアメリカへ行くし、祐二は共稼ぎで二人の子供を育てているから大変なのよ。でも、子育てがとても楽しいようだわ」

「そうか、それは良かった」

長男の祐一は神奈川県に、次男の祐二は富山市の西の郊外で、それぞれ家庭を築いている。従って私は自由気儘な独り暮らしなのだが、父はそんな娘の境遇を不憫と思っているらしい。家族は一緒に暮らすほうがいいんだがな。三人が三人、別々の家とはおかしなことになったもんだ。父の眼はそう言っている。

「それにしてもお父さん、これはずいぶん厚着じゃないけ」

私はしげしげと父を眺めた。すると、母が間髪を容れず言い返した。

「いいえ、この人はこれでいいがよ。一枚でも脱ぐと、すぐに風邪引いてしまう。まるで、赤ちゃんみたいな身体なんだから」

身体を鍛えるよりも、寒さから着衣でもって身を守る。それが長年生きてきた父母の健康法なのだから、今更変えることはできない。

「ところでお父さん、眼鏡がどうかしたの」

私は父の顔を眼医者のように覗き込んだ。四角い顔に大きな鼻がでんとあり、その上に黒縁の丸眼鏡が乗っかっている。

「何だか最近、世の中が急に暗くなって、前が見えにくくなってきたんだよ」

父は眼を細めてにんまりと笑う。私は一瞬首を傾げたが、すぐに父の意外な面に気づいて思わず笑った。眼鏡の度が進んで霞んで見えるのと、現代の暗い世相を重ねてちょっとした洒落を言っているのだ。

「まあ、面白いこと言うのね。バブルが弾けて、リストラ、倒産、一家心中。本当に暗い世の中になったねえ」

どれどれと両手を父の顔に伸ばし、そっと眼鏡を外した。そして、明るいテラスに向かって高くかざして眺めた。なんと骨董品のような代物である。レンズは脂ぎって汚れ、太くて黒いフレームは艶を全く無くしている。まるで博物館に重々しく展示してある、偉大な作家の眼鏡のようだ。

「お父さん、これ何年掛けとるがけ」

「さあ、もう六、七年になるかなあ」

「違うよ。あんたが自転車で転んだときだから、十年前に買ったがだよ。奥の一間を建て増している最中だったから、私よく覚えとるちゃ」

そういえば、父は玄関に飾る花を買いに行って、救急車で運ばれたことがあった。初霜の降りた寒い朝で、凍りついた路上にハンドルを取られ、前輪が側溝に嵌ってしまったのである。当時、パートに出ていた私は、出勤直前に母から連絡を受けて病院へあたふたと駆けつけた。すると、父はバツの悪そうな顔をしてベッドの上で正座していた。

父は転倒したときに名前を聞かれても反応がなかったらしいが、病院に着くまでに意識が戻り、軽い脳震盪と診断された。そのとき、枕頭台にひび割れたレンズの眼鏡と、菊の鉢植えが置いてあった。

「そう、そう、あのとき眼鏡が割れたのに、菊の花は無事だった」

「ほんと、変な人だちゃ。眼鏡より、花を命がけで守ったんだから」

父は苦笑いをした。

「それにしても十年もよく持ったわね。お父さん、いくら物持ちが良いと言っても、これだけは度が進むからね」

「仕方がない、新しいのを買うよ」

「当たり前よ。あなたは、汚い壷やら掛け軸やら、生きていくのにどうでもいい骨董品なら気前よく買うくせに、こんな大事な物にケチするんだから」

母の毒舌が止まらない。ここぞとばかりにチクリと言う。だが、今は母だけが頼りの父である。炊事、洗濯、掃除と、何もできない父は、母がいなくては一日も生きられない。だから少々嫌なことを言われても、うんうんと頷いている。

それにしても驚いた。父が十年も同じ眼鏡を掛けていたとは、私は知らなかった。長いあいだ一つの眼鏡を使い続けたということよりも、十年間、同じ眼鏡の父に気付かなかった自分に驚いた。

要するに、私は今まで父の顔を真剣に見ていなかったことになる。三人兄弟の長女でありながら、父に対する愛情が希薄で、優しい娘の眼が損なわれてしまっていたのである。私はそんな自分を責めていた。

「まあ、良いお天気ねえ」
「今年の冬は雪が少なかったし、桜も早く咲くだろうな」
外へ出ると、もうすっかり春の陽気であった。いつも口喧嘩の絶えない父と母だが、今日は穏やかである。

実家は、磯部の堤のすぐ傍にある。堤の桜が咲き始めると、両親は自分の家の庭のように毎日散歩をする。だが今年はどうだろうか。こんな身体では、花見が果たしてできるのだろうか。

日差しがうららと暖かい。寒がりの父も、さすがにコートを脱いでいる。それにしても、親子三人揃って歩くのは何年振りだろうか。子供のころはもちろん、娘時代にもこんな和やかな日はなかった。

昔は現代のように、一家揃って海水浴や家族旅行など、そんな贅沢はとても考えられなかった。特に父は遊びを知らない仕事一途の人である。ただ一心に、製薬会社を定年まで勤め上げた。

父の言うとおり、富山ももうすぐ桜の季節だ。磯部や松川の桜が、長く陰鬱な冬から一気に解放してくれる。桜といえば、私に忘れられない思い出がある。父にまつわる鮮烈な記憶がある。

昭和二十年八月、太平洋戦争で焼け出された私の家族は、富山市の西の郊外にある母の実家に身を寄せ、食糧難の窮地を何とか切り抜けた。やがて元の焼け跡に戻って、当時はまだ珍しい二階建ての家を建てた。家族は祖父母と母と私の四人で、出征した父を待っていた。

そのころ、近所の父親たちが次々と帰還していた。そのたびに町中が祭りのような騒ぎになり、私は格子戸の桟の間から見ていた。けれども私の父の消息だけが一向に知れず、もう諦めかけていたところであった。それが急に還ってくることになり、親戚一同色めき立った。

その日、私は大きな画板を肩から下げて長蛇の列の中にいた。磯部の桜の写生会で、一年生が四、五十人はいただろうか。みんな名前を書いた白いハンカチを胸に付けて、楽しそうに話したり、歌をうたったりして、桜の樹の下を歩いていた。けれども私は終始俯きがちで、ただ一つのことを考えていた。

朝、母が浮き立つ声で言ったのである。

「今日、父ちゃんが戦地から還ってこられるがだよ。だから、道草せんと早く帰ってこられえ」

私の身体を力いっぱい抱きしめて、母の眼に光るものがあった。朗報は前日の夜遅くに届いたのだろう。私はなぜか複雑な心境であった。浮かぬ顔で頷く私に、母は何度も念を押した。

「父ちゃんにちゃんと挨拶するがよ。お帰りなさいって言うがだよ。まあ、心配だよ、お前は愚図な子だから」

父は私が三歳のときに、千島列島の択捉島《えとろふとう》へ出征していった。だから、私は父の顔を全く知らなかった。床の間に軍服を着た厳めしい顔の写真があったが、その人が父だと言われても容易に受け入れることができなかった。しかも、その父が還ってくるという。

爛漫の桜の下を歩きながら、私の頭は混乱していた。胸がざわめき、それをどう処理していいか分からない。そして、父への挨拶をどうしたものかといろいろ考えた。お父さん、お帰りなさい。そう言って、畳に両手をついて頭を下げようか。それとも、何も言わずに父の胸に飛び込もうか。いやいや、そんなことはできそうにない。私は父の胸の広さも知らないのだ。

私は母に言われたとおり、午後二時ごろに学校から急いで帰宅した。すると、玄関に汚れた軍人さんの大きな靴があった。もう、父が還ってきたのだ。玄関で聞き耳を立てると、座敷の方で話し声がする。ランドセルを担いだまま足音を忍ばせ、座敷へと近づき、襖のわずかな隙間から中を覗いた。

縁側から明るい日差しが差し込んでいた。テーブルを囲んで、祖父母と母、そして一人の軍人さんが談笑している。時々、高い笑い声が立った。私は襖を開けることもできず、その場に立ち尽くした。するととつぜん襖が開いた。

「何しとるがけ。さあ、入って入って」

母であった。同時に、カーキ色の服を着た軍人さんが私の方を振り向いた。髪は肩まで伸びて、顔の下半分が黒い髭で覆われている。

「佐知子か……」

私は思わず後ずさりした。

「やあ、大きくなったなあ」

頬のこけた青白い顔が親しげに笑った。私はただ怖ろしくて、棒立ちになってしまった。母はそんな私に苛立ち、「この子は本当に愚図なんだから」と言って、強引に引っ張っていった。父の前に無理やり立たされた私は、ついに泣き出してしまった。

「こんな人、知らんよう」

その瞬間、部屋の空気が凍り付いた。


父は長年、黒縁の丸眼鏡を掛けている。角ばった顔の父には、やはり丸眼鏡が似合うと思う。円いレンズが、厳つい顔を和らげているのだ。だが、父が風呂に入るときや洗顔するとき、眼鏡を外した父をたまに見ることがあった。すると、剥き出しの顔がとつぜん現れて私は戸惑った。

それでなくても父は怖い存在であった。私が三歳から六歳までの三年間、父は戦地にいた。そのためか、私の心に暗い影を落としていた。私は膝に抱かれた記憶もなく、頬擦りをされた髭の感触もなかった。あの日、とつぜん現れた父に、どうしても馴染むことができなかった。私は、父と常に一定の距離を置いていた。父に甘えられない分、救いを求めるように祖父母に甘えた。そんな私を父は、可愛げがないと言って叱った。

父が帰還した翌年の春、待望の男の子が生まれた。そしてその二年後に、女の子が生まれた。父はその愛らしい成長過程を見ながら、当然のごとく溺愛した。まず、父の出張帰りの土産に、それが如実に表れた。玩具や絵本が弟や妹ばかりに与えられた。私はいつもお姉ちゃんだから、と言って何も買ってもらえない。けれども、私は抗議する術を知らなかった。そしてそれが不満と思わなくなるまで、慣らされてしまった。

小学六年のある日、私は風邪で熱を出して学校を休んでいた。すると、父は気が弛んでいるからだと言って叱った。また夜に試験勉強をしていると、ラジオの音が大きくて集中できず、「もう少し小さくして」と言うと、父は「生意気だ」ととつぜん大声を出した。もちろん、私の部屋などなく、続きの廊下の突き当りに小さな机を置いて勉強していたのだ。叱られたことに言い訳など通らないそんな父を、私はますます嫌悪した。

もしかしたら父の身体に、人間と人間が殺し合う、戦争という不条理な魔物がまだ棲み着いているのではないか。戦争の修羅が、父の体内から抜け切らないのではないか。私はそう思うことで自分を宥めていた。

中学一年のとき、ついに家出をしてしまった。成長するにつれて、自我を強めていった私は、父を許せなくなった。家出の理由はいまだにはっきりしない。はっきりしないということは、きっと取るに足らない些細なことだと思う。

部屋には緑色の蚊帳が吊ってあったから、あれは夏の夜である。例によって、父の怒号が蚊帳を震わせ、寝床に入っていた私は狂ったように家を飛び出した。もう、こんな家は嫌だ。一刻も早く逃げ出したい。私は父への反抗心を露わにして、何も持たずに家を出た。背後から私の名を呼ぶ祖母の声がしたが、それを振り切って走り続けた。

もはや理性を失ってしまった私は、怖いものは何もなかった。父が追いかけてこないかと、ただ夢中で走った。気が付くと、目の前に長い橋が見えてきた。神通大橋であった。もう深夜で、辺りには人影が全くなかった。私は誰かに誘導されるように、橋の欄干に身を寄せた。

私は欄干から身を乗り出し、闇の底を覗いた。深い意味はなかった。ただ、無意識のうちにそうしていた。橋の下から、激流の音と涼しい川風が立ち上ってくる。すると心地よい川風が私を誘った。その誘いにのれば私は楽になる、私と父の葛藤が終わる。だが、身体が硬直して動かない。

私はふと耳元で、ついさっきの祖母の叫び声を聞いた。やがて西へ西へと歩き始めた。気が付くと、母の生家に向かっていた。田んぼや畑のある広大な田園地帯、そこは私たち一家が疎開していた、温かい懐のある土地であった。

とつぜん何か獣の啼き声がした。右手には低い山々が連なっている。あの唸り声は狼かもしれない。けれども、私は何の恐怖も抱かなかった。ただ早く眠りたかった。細い砂利道を一時間ほど歩いて、ようやく懐かしい瓦屋根が見えてきた。黒い瓦屋根は、濡れ濡れと白く光っていた。気が付くと、頭上に丸い月が出ていた。

とつぜん爆音のような音がした。歩道をのんびり歩いていた父と母は、驚いて空を見上げる。

「ほおー、ずいぶん大きく見えるなあ」

青空を二つに切り裂いて、銀色の旅客機が飛んでいく。両親は顔を上げて、その大きな機体に見入っている。私の家は飛行場に近いので、そんな光景は日常茶飯事である。飛行機の音は、その日によってかなり違ってくる。雪や雨は音を吸収するのか、飛行機が通っていくのさえ気付かないことがある。だが、こんなに良いお天気の日は、まともに音が地上へ降りてくる。

「あの飛行機、何処へ行くがけ」

「東京よ」

「いいねえ、私もあんな飛行機に乗って、東京へ行きたいちゃ」

母は空の彼方に消えていく飛行機を目で追いながら、溜息まじりに呟く。けれども、この足ではとても無理である。

「東京へ行って何するんだ。わしは飛行機なんか嫌いだ。昔から大嫌いだ。あんな危険な物に乗るもんの気がしれん」

父はいやにムキになっている。

「まあ、時代遅れも甚だしい。あんた、こんな歳になってもまだ命惜しいがけ」

母は涼しい顔で言った。もしかしたら、父は戦闘機を思い出したのかもしれない。父の胸の裡には戦争の傷跡がまだ残っていて、何かにつけてそこから鮮血が噴き出してくるのではないか。

父は戦地で衛生兵として働いていた。薬業科を出ているので、薬の調剤員をしていた。負傷者の看護に当たりながら、戦争の悲惨さを嫌というほど見てきたのだ。しかも極寒の地で食料がなく、ヘビやイナゴまで食べた話を聞いた。そして、空腹のあまり、夜中に食堂へ残飯を盗みに入ったこともあったという。その後遺症ともいうべき父の奇行を、私は子供のころに何度か目にした。

父は深夜こっそり起き出してきて、焼き飯を作るのである。まずフライパンで肉や長ネギを炒め、そこへ冷や飯を入れて手際よく混ぜる。父は誰もいない台所で、それをガツガツ食べていた。私はトイレに起きて、たまたまそんな父の姿を見てしまった。

戦争から解放されても、父はまだ戦争を引き摺っていた。まして、人を殺すために飛んだ戦闘機の記憶は、一生消えないのであろう。いずれにしても、二度と思い出したくない、択捉島の辛く過酷な過去なのだ。

択捉島で思い出したが、父はその厳しい冬を必死に訴えたことがある。発端は私の結婚で、婚約していた夫が釧路へ転勤になったのである。いうまでもなく、北海道は千島列島のすぐ近くである。

北海道の寒さは半端じゃない。あんなに遠くへ行って、身体を壊したらどうするのだ。それに親も兄弟もいない所だ、夫婦喧嘩でもしたら何処へ逃げるのだ。父は毎日、日本地図を広げて、私の結婚に猛反対したのである。

当時、釧路は途方もなく遠かった。汽車と連絡船を乗り継いで、二十七時間も掛かった。弟や妹ばかりを可愛がり、自分は嫌われていると思い込んでいた私は、そんな父の言動が不思議でならなかった。これは単なる親としての責任感なのか、それとも真の愛情なのか、私の心は大きく揺らぎ始めた。

本当は、私は誰よりも父に愛されていたのかもしれない。戦争による父不在の三年間が、私と父の間に垣根を作ってしまった。桜の写生会の日以来、私は素直になれないまま成長した。いずれにしても、夫について行く覚悟ができていた私は、結婚の是非には悩まなかったが、父を見る目が次第に変わっていった。

父と母は、カエデの街路樹の歩道を並んで歩いている。杖をついて歩く父と、シルバーカーを押す母。一回りも二回りも小さくなった二人の後ろ姿は、まるで対の人形のようだ。やがて前方に、眼鏡店の看板が見えてきた。健常者であれば、十分も掛からない距離をもう二十分は掛かっている。

「ほら、あそこに黄色い眼鏡の看板が見えるでしょう。もう、少しだからね」

父も母も額にうっすらと汗をかいていた。


「いらっしゃいませ」

眼鏡店に入っていくと、カウンターの向こう側から若い女店員がにこやかに挨拶した。明るい店内には、眼鏡が多数陳列されている。春に向けて、様々な色のレンズやフレーム、若者向きの派手な形のサングラスもある。

「どうなさいましたか」

三人が一斉に入っていったので、店員は誰にともなく声を掛けた。私は父に代わって、眼鏡の事情を説明した。すると、「それではどうぞこちらへ」と父をうす暗い検眼室へと連れていった。私もその後に続いた。店員は眼鏡の形をした黒い枠を父の鼻の上にのせ、レンズを次々と入れ替えてその反応をみた。

「どうですか」

「いや、少し霞んで見えるな」

「じゃ、これでどうですか」

「ああ、見える見える」

「では、今度は反対側」

「これはどうもいかんな」

「では、はい」

「やはり、はっきりしないな。昔から、右目が良くないいんだよ。乱視が入っていてね」

「そうらしいですね」

「学生時代に理科の実験をしていて、ガラスの破片が眼に入ったんだよ」

「まあ、そうなんですか。それは大変でしたねえ」

父と店員は、患者と優しい看護師のようだ。父の眼の怪我のことは、私も何度か聞かされている。父はそのときのことを、何故か生き生きと話す。

「あ、上、下、右」

今度は視力表に向かって、父の大きな声が響く。視力検査が始まったのだ。黒いシャモジで片目を隠し、父は応えている。

「はい、お疲れさま。両目とも０・７です。お歳からいって優秀な方ですよ」

「それはどうも」

「眼鏡はメーカーの方で作りますので、仕上がってきましたらお宅へ電話させて頂きます」

「花見まで間に合うかな」

「はい、それはもう大丈夫です」

結局、悩んだあげく縁無しの眼鏡に決めた。黒い丸眼鏡とは雰囲気が違って、父は明るく柔和な顔になるだろう。

「どうも、有り難う」

父は律儀に頭を下げて眼鏡店を出た。


もう正午に近かった。大通りの両側には飲食店が続いている。和食、洋食、中華料理、と様々な店が看板を出している。この街の週末は家族連れや若者が多い。金曜日の夜からざわめき、人々は誘蛾灯のようにネオンに吸い寄せられてくる。

人は一人より二人がいい。二人より三人がいい。今日は久しぶりに、親子三人で食事をすることができる。この幸せは父の眼鏡のお蔭である。気が付くと、父と母は中華料理店の前で立ち止まっていた。

「何がいいかな」

父は首を長くして、ショーウインドーの中を覗き込んだ。母もその横で思案している。そこには、白い皿に盛り付けられた食品サンプルがいろいろ並んでいた。やがて、父は一大決心をしたように言った。

「やっぱり、焼き飯にするよ」

「あれえ、また焼き飯け。もっと美味しいもん、何かないけ」

母はますます真剣な顔になった。

庭泥棒

相変わらず、梅雨のむし暑い日が続いています。夫の修平は今朝も慌ただしく出勤し、私はいつものように門の前で見送りました。

一口に出勤と言いましても、修平の場合は列車で富山から新潟の直江津ですから、遅くとも六時には家を出なくてはなりません。慣れているとはいえ、そんな早朝の出勤はやはり大変なのです。

ここ二十年ほどの間に、ドーナツ現象とやらで、郊外にも開発の波が押し寄せてきました。思わぬ所にビルやレストランが建って、あちこち見違えるほど賑やかになりました。ですが、私が住むこの町だけは、田畑がまだかなり残されています。連日、霧雨が続くこの季節になると、私は萌え立つ緑に圧倒され、恐怖さえ抱いて、改めてそれに気づくのです。そして、自分一人取り残されていってしまうような、どうしようもない淋しさに襲われるのです。

修平は黒いショルダーバッグを肩に、勇んで歩いていきます。あの急ぎ足は、こんな忘れられたような町から、一刻も早く逃げ出したいからでしょうか。それとも、私から離れたいからでしょうか。そんな修平の後ろ姿を目で追っているうちに、急いで家の中へ戻りたいという衝動に駆られました。修平がみるみる遠くなっていくのを、私は冷静に見続けることができなくなったのです。

湿っぽくねっとりとした風が、足元に絡みついてきます。私はそれを振り払うかのように、ツッカケの踵を返そうとしました。すると、道の曲がり角の少し手前で、修平は首だけ捩じって、チラと後ろを振り返ったのです。私はそんなことなど想像もしていなかったので、思わず顔が強ばってしまいました。とっさに、どんな表情をしていいか分からなかったのです。

私は嬉しいような、面映ゆいような、何だか妙な気持ちになりました。そして自分でも信じられないのですが、三十数年前の新婚時代の光景が一瞬、閃光のように目の前を過ったのです。

あのころ、修平は後ろ髪引かれるような想いを体中に表し、振り返り振り返りしながら家を出ていったものです。私と修平の歴史の原点が、あんなにも甘く切ないものだった、と苦笑せずにはいられません。

けれども今朝は、自分を振り返ってくれた、という修平に若いころを重ねただけで、そんな愛情に満ちたものではありませんでした。いつになく神妙な顔で、ただ義務的に振り返っただけです。そして、修平の姿は小路の角に呆気なく消えてしまいました。

修平はある建設会社に勤めていますが、新潟の本社に落ち着いてから、もう十年になります。金曜日の夜にこの富山の自宅に戻り、月曜日の朝には直江津へ出勤していく。修平は、真面目にそれを繰り返してきました。その苦労が報われて、この秋めでたく定年退職します。

つまり、修平はずっと単身赴任だったのです。とはいっても、一週間に一度は必ず富山へ帰ってきますから、私は他人が思うほど淋しいとも不幸だとも思っていません。むしろ、距離を置いて眺められる自分たち夫婦の在り方は、今風で理想に近いのではないだろうかと、自負しているくらいなのです。

実際、修平が帰ってくる金曜日になると、どこまでも怠慢な私の身体の細胞が一気に活性化されるのです。自分でも恥ずかしくなるほど、心が浮き立ってくるのです。私は朝からとても忙しくなります。まず布団を天日干しにし、枕カバーやシーツを洗濯し、季節の料理をいそいそと作る。修平を迎える私の気持ちは、新婚気分とまではいかなくても、やはり新鮮なのです。

ところで話は変わりますが、一人娘の理恵が五年前に山形へ嫁いでいきました。不思議なことに、修平はその結婚に全く注文をつけませんでした。津村家の跡取り問題など、私の方があれこれ悩んだのですが、彼はそんなことはどうでもいいようでした。父親は、娘の結婚に異常なほどに心を砕くといいますが、修平は拍子抜けするほどあっさりとしていました。

たった一人しかいない娘なのに、物分かりがいいのか、愛情が希薄なのか、私はいまだにその真意が掴めないのです。

思い返せば、私は若いころから独り取り残されていました。修平は大きな仕事に就くと、二年間もほとんど家に帰らないということもありました。そしてそれが終わると、次の赴任地が待っているのです。その合間を縫って、私は恋人のように逢いに行きました。

まだ理恵が生まれない新婚のころ、修平は半年ほど千葉へ行くことになりました。即座に、私はついて行きたいと言いました。すると、男の職場に来るヤツがあるか、ととつぜん怖い顔で叱りました。そのとき私は、男の仕事の厳しさを初めて知ったのです。

それは建設会社の宿命なのだ、と思うしかありませんでした。それでもやがて修平が定年退職すれば一緒に暮らせる、二人だけの穏やかな生活が待っている、とそればかりを心待ちにして、淋しい独り暮らしにも耐えてきたのです。

今は会社の寮にいる修平ですが、この家を出るとき、出勤するという厳粛な気持ちがあるのかどうなのか疑問です。けれども、私は私なりの祈りと誓いを立てています。修平には、何とか無事故で元気に帰ってきてほしい。そして私は、それまでこの家をしっかり守らなければならない、と自分に言い聞かせているのです。

けれども今朝は違います。いつもは生活の場を別々にしている埋め合わせのように、漬物や菓子、新しい下着などをいろいろ持たせるのですが、そんな気持ちにはとてもなれませんでした。修平がとんでもないことを言い出したからです。

「ちょっと相談なんだが、向こうに中古の家があるんだ。五十坪の土地付きで一千六百万、安いと思わないか」

昨夜、修平は食事をしながら、出し抜けにそう言いました。

「向こうって直江津にですか」

「ああそうだ。少し郊外になるが、スーパーやコンビニもあるし、生活するにはまあ不便はないよ」

私は何かの聞き違いかと思いました。二十年前、一大決心をして建てたこの家があります。ローンも半年前に終わったばかりです。これから二人だけの住まいなのに、何故もう一軒の家なのでしょう。いくら退職金が出るといっても、そんな大きな買い物は困ります。

「あなた、その家を買うつもりなんですか」

修平はすぐには返事をしませんでした。返事をしないということは、もう決めてしまっているのです。

「退職すれば、今更ツテのない富山では職が見つからないと思うし、向こうなら会社の下請けにすぐにでも雇ってもらえる」

修平は箸を動かしながら、独り言のように言いました。きっと、もう向こうに住む算段をしているのです。

「じゃ、この家はどうするのですか」

「ここはお前に居てもらわなくては困る。富山には親戚もあることだし、あくまでもこの家が津村家の本拠地なんだからな」

「では食事はどうするのですか。退職すれば、寮にいるわけにはいきませんよ」

「食べることなんかどうにでもなる。スーパーに行けば弁当があるし、いろんな惣菜も揃っている」

「でも、そんな食事ができますか。美食家のあなたにそれは無理だと思うわ」

「大丈夫だよ。それに俺はまだまだ元気だし、隠居なんかしていられないよ。長い老後のことを考えると、働けるだけ働かなくてはな。俺が先に逝ったら、お前もそれなりの蓄えが必要だろうし、みんなお前のためじゃないか。じつは家の契約はもう済ませてきたのだ」

やはり相談ではなくて、事後承諾じゃないの。私は心の中で悲鳴を上げました。

「でも、そう長くはないよ。それに、不動産は持っていても邪魔にはならない。要らなくなれば売ればいい。案外いい値で売れるかもしれないよ」

一度言い出したら、絶対ゆずらない修平です。もう何を言っても無駄なのは分かっています。老後のことがそんなに心配なら、退職金は定期預金にしておけばよほど安全だと思うのですが。

修平が言うように、これまでの生活がもうしばらく続くだけです。それならそれで、習い事でも旅行でも、有意義な私だけの世界を持てばいいのです。そのとき、修平に逆らうほどのエネルギーが、もうどこにも無いのだと気づきました。

雲間から青空が覗いて、晴れてくる気配でした。久しぶりの梅雨の晴れ間です。

修平を送り出してから、私は家中の戸を開けてまわりました。畳や絨毯はもちろん、障子戸、家具にいたるまで、じっとりとしています。この湿気を取り除くために、私は早く風を入れなくてはなりません。修平との二人の生活から自分独りの生活に切り替えるために、それは恒例の儀式のようなものです。

私は台所に立って、流し台の上の窓を勢いよく開けました。すると、大きなエンジン音が響いてきました。この町にもようやく開発の波が押し寄せてきたのです。

「オーイ、もっと右だ、右に寄ってくれ」

風にのって、男の大きなだみ声が聞こえてきました。どうも、裏の茜さんの家らしいのです。

裏といっても川を挟んで向こう側ですから、二十メートルは離れています。都合よく目の前に椅子がありました。それを流し台の前へ持ってきて、私は恐る恐る椅子の上に立ち上がりました。すると、空にクレーン車の長い首が、四十五度に傾いています。そして、その先に大きな石がぶら下がっています。下の様子も見たいのですが、家の中では無理です。

私は、帰る人のない家の掃除など急ぐことはない、とそれに気づきました。すぐに椅子から降りて、サロンエプロンを脱ぎ、邪険にまるめてテーブルの上に置きました。そのとき、妙なものが私の目に映ったのです。後ろの食器棚のガラス戸に、それはまるで歌舞伎の黒子のように見えました。しかもその人は背中がまるく、腹立たしいほど怠慢に動くのです。私は、その怪しげな人影から逃げるように外へ飛び出しました。

すると、茜さんの家の前に、大きなトラックが横付けされています。荷台には、寝巻きされた松や紅葉が積んであります。その周りで三、四人の植木職人が忙しそうに立ち働いて、庭を造っているのです。

そういえば、つい先日も赤土を積んだトラックが、何回も行ったり来たりしていました。ゴミ一つない綺麗な舗装道路に、ポロポロこぼれる土を、私はやはり同じ場所で見ていました。

じつは茜さんも独り暮らしなのです。去年の秋、川の傍にクリーム色のこぢんまりとした文化住宅が建ちました。そこへ夕方めがけて、茜さんが引っ越してきたのです。小型トラック一台の道具が、家の中にまたたく間に収まってしまいました。

数日後、茜さんは小さな菓子箱を持って挨拶に来ました。茜さんは四十歳前後で、礼儀正しく誠実な人だと思いました。ですが、色白で細面の茜さんにはどことなく翳がありました。そのとき私は、特別な親近感を持ったのを覚えています。自分とよく似た境遇を、無意識のうちに嗅ぎ取ったのかもしれません。

その後、茜さんの家は、家族らしい人の出入りもなくひっそりとしています。やがて、夕方になると和服姿で勝手口から出ていく茜さんに気づいたのです。私は台所に立ちながら、何となく見てしまいます。

ある日、修平はそんな茜さんを初めて見たようです。晩酌をしながら、あの女なら知っているよ、とうすら笑いを浮かべて言いました。そして、駅前のスナックのママで、山上商事の社長のコレなんだ、と小指を立てて見せたのです。もちろん、私は良い気持ちはしませんでした。茜さんにではなく、そんなことを面白おかしく言う修平に対してです。

「そこんとこ、もう少し何とかならないかなあ」

「あなた、そんな傍に寄らないで危ないわよ」

茜さんは珍しく大声を上げています。取り仕切っているのは、六十歳ぐらいの背の低い太った男性でした。あの人が、山上商事の社長さんなのでしょうか。

「ほんとに旦那さん、危ないですから下がってください」

「分かってる、分かってる」

そんな男たちの声が、日が暮れるまで空に高くこだましていました。


翌日の昼近く、私は茜さんの家へ回覧板を持っていきました。それには、防犯や交通事故防止などを呼びかける印刷物が何枚か挟まっていて、いつもながらあまり興味のないものばかりです。

ですが、回覧板は私と茜さんを結び付ける、唯一大切なものとなっています。茜さんと話をするのは、回覧板を持っていくときだけです。それも昼の二時間ほど、時間を考えていかないと留守が多いのです。いえ、本当のところ、留守かどうか分からないのです。人の気配がするのに、チャイムを押しても応答がないことがあります。けれどもこの時間なら、必ず出てくるはずです。

玄関の前に立つと、家の雰囲気が見違えるようになっていました。庭は五坪ほどですが、石や灯籠、樹木が配置よく収まっています。不思議なことに、以前の更地より広く感じられます。さすが庭師の妙技です。私はチャイムを押しました。

「ハーイ」

すぐに奥から明るい声がしました。ドアの間から覗いた顔半分に、私は親しみを込めて言いました。

「回覧板です。お庭、綺麗にできましたねえ」

「そうですかァ。私あんまりこんなの好きじゃないんですが、いつの間にか大袈裟なことになってしまって」

茜さんの声が甘やかに響きます。そう言いながら満更でもないようです。Tシャツにジーンズ姿の茜さんは、いつもより若く見えました。もちろん素顔で、私は茜さんの化粧した夜の顔を知りません。ですから、修平の言ったことなど信じられないのです。

そのとき、修平が直江津で家を買ったことを思い出しました。どんな人が手放したか知りませんが、やはりこんな庭があるのでしょうか。そしてもしかしたら、茜さんのような女性の城になるのではないか、とふととんでもないことを想像したのです。

修平も男です。これまで浮いた話の一つや二つ、確かにありました。私は狂ったように逆上したこともありましたが、今はそんな体力も気力もありません。それが良いのか悪いのか、感情を抑制しているうちにそんなふうに落ち着いてしまったのです。

ただ、世間に恥ずかしい思いだけはしたくありません。きっと、修平も同じなのでしょう。

三日に一度の電話は欠かさず、土日にはきちんと帰ってくる。一度として破られたことのないこの習慣は、そのためなのです。何か急に異変が生じたとしても、何日も知らなかったということだけは避けられるはずです。


「そっちのほうは変わりないか」

定年を待たずに、修平は今度買った家に移りました。

「はい、べつに変わりありません。あなたこそお元気ですか」

「ああ、変わりない。元気にしているよ」

「ご飯はちゃんと食べていますか」

「それも大丈夫だ。スーパーへ行けば、結構うまい惣菜が揃っているからな。それに有り難いことに、一人分をパック詰めにして売っている。便利な世の中になったものだ」

いつもと変わらぬ会話でした。そして、相も変わらず三日に一度は電話があり、土日には必ず私の元へ帰ってきます。じつは、その判で押したような真面目さが曲者かもしれないのです。

その証拠に、引っ越しのとき、私も手伝いに行きますと言ったら、来てもいいがお前の布団はまだ用意してないよ、と言うのです。いい歳をして、何を疑っているのだと言われているようで、さすがに私のプライドが傷付きました。

そこまで言われると、意地でも行ってやるものかと、生まれつきの負けん気が頭をもたげてきます。とはいうものの、茜さんの家を見ていると、やはり落ち着きません。どうせ行くなら、不意打ちを狙うことにしましょうか。

そうこうしているうちに、月日は流れていきました。修平が帰ってくると、私はこれまで以上に、良妻を演じている自分に気づきます。漬物、干物、新しい下着など、押し付けるように持たせているのです。独りだものそんなに要らないよ、と言う修平をからかうように、せっかく用意したのですからと無理やり持たせるのです。

相変わらずむし暑い日が続いています。それなのに、私の身体は芯から冷えていきます。そのうえ、自分が限りなく意地悪になっていくようで気分がよくありません。

そんな中で、新婚旅行以来のたった一度の旅を思い出しています。理恵が嫁ぐ前に、会津の旅をプレゼントしてくれたのです。私の心の奥深くに沈んでいる一光景が、じつに鮮やかに蘇ってきます。猛暑の夏から秋風が吹き始め、萩の花が揺れていました。

私は有頂天でした。子は鎹《かすがい》と言いますが、私たち夫婦がここまでやってこられたのはやはり理恵のお蔭です。理恵のためにも、思い出深い楽しい旅にしようと思いました。

宿は創業百五十年の老舗旅館でした。仲居さんに案内された素晴らしい日本間を見て、理恵ちゃん無理したわねえ、と思わず言いました。ところが修平は、まああだな、とあまり感動がないようでした。私と修平の価値観の違いが、明確になったと思いました。旅行などめったにしない私と、いつも出張、出張、と全国を飛び回っている修平ですからそれは当然です。

ところでその出張ですが、あれは本当に仕事だったのでしょうか。そんな横しまな考えは嫌なのですが、打ち消すあとから黒い疑念が膨れ上がってきます。じつは、その旅で私は偶然見てしまったのです。修平が旅館の売店で何か小さなものを買い、浴衣の袂に素早く落としたのです。大浴場から帰った私に、修平は全く気付かないようでした。

私はさり気なく売店に近づきました。すると、修平はとても驚いたようでした。ガラスのショーケースには、彩色豊かな漆塗りの小物が陳列してありました。会津塗りの飾り櫛やライターなどです。修平は一体何を買ったのでしょうか。煙草を手放せない人ですから、ライターかもしれません。けれども敢えて訊きませんでした。もしライターでなかったら、自分が惨めになるだけです。

そのとき、牡丹の花を描いた半円形の櫛に目が留まりました。

「まあ、この櫛かわいい」

それまで甘えることの知らなかった私は、修平の袖を引っ張って惚れ惚れと眺めました。

すると、邪険な言葉が返ってきました。

「なんだ、そんな玩具みたいなもの」

「でも私、記念に欲しいわ」

修平は仕方なくその櫛をレジに持っていきました。すると、レジの女性が言いました。

「さっきのと一緒に入れましょうか」

「いや……いい」

修平はしどろもどろになりました。ライターなら、そんなに取り乱すことはないのです。けれども、私はそこで問い詰めることはしませんでした。折角の旅が台無しになってしまうからです。

人を追い詰めて、良くなることは決してありません。以前、私は失敗したことがあるのです。やはり女性のことで修平をとことん追い詰めて、ますます不幸になりました。人を追い詰めるということは、自分自身も傷つき追い詰められることだと初めて知ったのです。

修平が直江津に家を買ったことで、私は意外な自分に気が付きました。あの旅のことが、今も心の奥底に熾火のように燻っていたのです。今更ことを荒立てる気持ちなど毛頭ないと言いながら、めらめらといつ火が噴き出すか分からないのです。

修平が帰るたびに形だけの契りを結んで、私はそれで満足しているわけではありません。

もし、修平が夫としての責任がそこだけにあると思っているとしたら、とんでもない勘違いです。私はつい考え込んでしまいます。もっと確かな夫婦の証しを見つけたいと思うのですが、別居ばかりのお互いは何をするにもぎこちなくて、こんな関係でいいのかと思案にくれてしまいます。


数日後、私は茜さんの家へ回覧板を持っていきました。家の周囲には、いつの間にか涼しげな竹垣が巡らしてありました。初夏の眩しい陽光を受けて、竹は青々と輝いています。

「今、コーヒーを淹れるところなの。ちょっと休んでいかない？」

茜さんは珍しくエプロン姿でした。かいがいしい奥様然として、修平の言ったことなど信じられません。私は迷わず、茜さんの好意に甘えることにしました。

クーラーの効いた洋間に通されました。すると、目の前に緑の洪水が押し寄せてきて、私は立ち竦んでしまいました。毎年、梅雨がくるたびに、この町に抱くあの恐怖に似ていたからです。部屋の中には観葉植物が溢れています。床や壁はもちろん、天井からも蔓やいろんな形の葉が垂れ下がり、まるで生き物のように部屋を占領しているのです。

「さあ、どうぞ」

茜さんは、私を応接セットに座らせました。

「あの、ご迷惑じゃなかったですか。お忙しいんじゃありませんか?」

「いいえ、主人は単身赴任でいつも独りだし、誘って下さって嬉しいわ」

「まあ、本当ですか。私、まだお友達もないし、この辺の土地勘もなくて不安で淋しかったの。よかったら、また時々遊びに来て下さいね」

もし修平の話が本当なら、茜さんは山上商事の社長に守られているはずです。それなのに、何故そんなに淋しいのでしょうか。もしかしたら、一方的に守られるのは案外窮屈で、違った淋しいさがあるのかもしれません。

茜さんは、コーヒーカップとケーキ皿を運んできました。そして、ちょうど戴いたのがあったの、と言ってテーブルにプチケーキを置きました。

「津村さんはもともと富山の方なんですか」

「ええ、富山から一度も出たことがないの。富山で生まれて富山で育って、だから世間知らずだって、主人にいつも笑われているの」

「まあ、でもそれが一番の幸せなのかもしれないわ。私は南の方からあちこち転々として、気が付いたらこんなに遠い所へ来てしまったわ。両親はもう亡くなって姉が一人いるんだけど、もう七年も会ってない」

茜さんは深い溜息をつきました。以前から茜さんの素性が気になっていたので、すかさず訊きました。

「南の方って何処ですか」

「九州なの」

「まあ、本当に遠くへ来ちゃったのね」

「でしょう？　それも阿蘇山で有名な火の国熊本なのよ。高校を卒業してから、家出同然で東京へ出てきたの」

火の国とは茜さんらしいと思いました。

「茜さん、ずいぶん勇気があるのね」

「若かったから、無謀で怖さ知らずだったのよ」

そこで急に黙り込んでしまいました。きっと、それ以上は言えない深い事情があるのでしょう。

そのとき、電話が鳴りました。電話のベルは緑の海を震わせ、私と茜さんの間に容赦なく割り込んできます。茜さんは、何故かすぐには立ち上がりませんでした。というより、鳴り止むのをじっと待っているようなのです。それでも鳴り止まないので、仕方なく腰を上げました。幹の太い幸福の木の陰に、茜さんは立ちました。けれども何故か名乗りません。じっと、向こうの気配を窺っています。やがて一言も発しないまま、邪険に受話器を置きました。

「最近、いたずら電話が多くて……」

茜さんは椅子に戻ると、無表情で冷めたコーヒーを啜りました。私は不思議に思いました。電話帳には、引っ越したばかりの茜さんの番号はまだ載っていないはずです。ですからごく親しい人か、それとも本当に無差別ないたずら電話です。

茜さんの顔が次第に青ざめていきます。あんなに明るかった顔が、みるみる曇り強ばっていきました。たった一本の電話で、茜さんの穏やかな日常が暗転してしまうのを、私は奇しくも見てしまったのです。


翌日、私は再び茜さんの家へ行きました。コーヒーをごちそうになったお礼に、理恵が送ってきたサクランボを持って行ったのです。すると、庭の片隅に誰かが蹲っています。見覚えのあるグリーンのTシャツでした。茜さんです。

「あれえ、どうしたんですか」

私は思わず駆け寄りました。茜さんは真っ青な顔で震えています。

「ほら、あそこ。灯籠があんなになって」

茜さんが指さす方を見ると、雪見灯籠が無残に崩れているのです。崩れているというより、傘や火袋などが解体され、地面の上に並べてあるのです。まるで、人間のバラバラ死体を思わせる不気味さです。

誰が一体こんなことを……。私は心の中で叫びました。そして、いつか私の目の前に立ててみせた、修平の小指の先を思い出しました。山上商事の社長の奥さんとはどんな人なのだろう、と初めてそんなことを考えたのです。

「ああ、そうだ。これは庭泥棒の仕業だわ」

「庭泥棒？」

「そうよ、植木や灯籠を盗んでいくの。新しい庭ができたので、早速入ったのよ。ほら、この前の回覧板にあったでしょう。最近空き巣が多いから、戸締り厳重にしなさいって」

そのとき私は、背中のまるい怠慢な動きの黒子を見ました。そして、深夜雨に打たれながら灯籠を崩す、女の哀しい悲鳴を聞いたのです。

天使の梯子

九月末のある日、瑤子《ようこ》は病院からの帰りに、みどり児童公園に立ち寄った。公園は町外れの高台にあった。車を下の空き地に停めて石段を上っていくと、急に視界が広がった。緑の芝生が眩しいこぢんまりとした公園だった。右手を見下ろすと、三両編成の電車が田んぼの中をゆっくり横切っていった。

夕刻が迫っていたがまだ蒸し暑かった。瑤子はTシャツにジーンズとスニーカー、とにかく涼しくて動きやすい恰好だ。芝生の上を歩き始めると、スニーカーの底から心地よい冷気が伝わってくる。瑤子は家に着くまでに、疲れた心と身体をリセットするためにこの公園へやって来たのだった。

病院には息子の雄介が入院している。瑤子は朝十時に家を出て、夕方四時半か五時ごろに帰宅する。そんなことがもう十日ほど続いている。病院は県下一の総合病院なので、待合室は患者であふれ、廊下にも多くの人が行き交い、どこを見ても暗く陰鬱な顔ばかりで、まだ悪い夢の中にいるようだった。

全てが二週間前のあの朝から始まった。県庁に勤める夫と大学二年生の雄介を見送り、洗濯機を回し始めたときに警察から電話が入った。雄介が交通事故に遭い、救急車で病院に運ばれたという。雄介はバイクで地元の大学に通っていたので、いつか大きな事故を起こすのではないかと気が気ではなかった。その日も「気を付けてね」、と玄関先で注意したばかりだった。瑤子の予感が的中したのだ。

その電話は、平穏な日常が打ち砕かれた瞬間であった。警察官の声があまりにも切迫していたので、瑤子は思わず叫んだ。

「息子は生きているのですね！」

それからどのような行動をとったのか、いまだに思い出すことができない。その一部分だけがすっぽり抜け落ちてしまっている。ただ窓の向こうの青空に、白い花火が弾け散ったのを記憶している。気が付くと、夫と二人で集中治療室の前に呆然と立っていた。

中年の女性看護師に促されて中へ入っていくと、雄介の意識は朦朧としていた。瑤子が大声で名前を呼ぶと、かすかに目を開けた。充血した淀んだ目だった。瑤子は思わずその肩に触れようとすると、夫が後ろから袖を引っ張った。「止めなさい！」。厳しい目がそう言っていた。

すぐに緊急検査が始まった。一時間余り待つと診察室に呼ばれ、ＭＲＩの画像を見ながら医師の説明を聞いた。五十代半ばの落ち着いた医師で、衝撃的な宣告を受けた。

「脊髄には下半身にいく神経が集まっているので、歩行困難となります。しかも、一度傷ついた脊髄は再生することがありません。けれども息子さんの場合、残された機能がわずかにあるので、不完全損傷となります。ですから手術のあと、リハビリを頑張れば奇跡が起きるかもしれません。本人の努力次第です。それにしても頭を打たなくて良かったです。不幸中の幸いと思って下さい。運よく若い命を拾ったのですから」

だがそのとき、瑤子は何故か素直になれなかった。不幸中の幸い。奇跡が起きるかもしれない。若い命を拾った。それは、マニアル通りの言葉にしか思えなかった。きっと、雄介は一生歩けなくなるのだ。奇跡なんて起きるはずがない。瑤子の心は鋭く尖っていた。

雄介は国道の左側を真っ直ぐ走っていたのだが、信号のない横道から急に右折してきた乗用車と衝突した。たまたま近くの歩道を歩いていた主婦が、証言してくれた。雄介には何の落ち度もなかった。だが相手は軽い鞭打ちで済み、雄介は意識を失うほどの重症を負った。納得がいかなかった。こんな理不尽なことがあるだろうか。瑤子は神を恨み、そして失望した。

三日後、雄介は個室で目を覚ました。明け方の四時ごろだった。緊急手術のあと痛み止めのため、薬で眠らされていたのだ。麻酔が切れると本当の闘いが始まった。雄介は高熱にうなされ、身体中の痛みを訴え、喉に絡んでくる痰に苦しんだ。けれども瑤子は何もできなかった。ただひたすら、麻痺した足を摩るだけだった。あまりにも無能な自分に、声を押し殺して泣いた。微睡と覚醒を繰り返す中で、やがて雄介は弱々しく口を開いた。

「母さん、ここは何処？」

虚ろな目だ。

「まあ、気が付いたの。病院よ、病院！」

仰臥したまま、雄介は不思議そうに辺りを見まわした。

「あんた、事故に遭ったのよ。車とぶつかったの」

雄介は、まだ事故の記憶が戻ってこないようだった。目は宙に浮いたままである。するととつぜん、悲痛な声を上げた。

「足の感覚がない、俺の足が無くなったよ」

瑤子は思わず顔を背けた。雄介の目を直視できなかったのである。

「足がどうなってしまったんだろ」

今度は冷静な独り言だった。けれども、瑤子は何も言えなかった。このときのために、用意していた言葉が出てこない。ようやく吐き出した言葉は、自分でも信じられないほど大きな声だった。

「今は事故の衝撃でしばらく痺れているだけなの。すぐに治るから……」

もちろんそれは愚かな嘘である。ところが、雄介はそれ以上追及しなかった。軽く頷いただけで、また目を閉じてしまった。本当に眠っているとは思わなかったが、瑤子は救われた。その場でそれ以上の会話は無理だったからである。雄介が現実を知ったのは、その日の夕方だった。三人の看護師を引き連れて、回診に来た医師が淡々と告げた。

「手術は成功したよ。でもまだ安心はできないからね。まあ、こんなことになってしまったけれども、不幸中の幸いと思いなさい。若い命を拾ったんだからね。運が悪ければ、君はここにいなかったかもしれないんだ。それにこれからの努力次第で、奇跡が起きるかもしれない。僕と一緒に頑張ろうな」

医師はやはり、不幸中の幸い、若い命を拾った、奇跡が起きるかもしれない、を繰り返した。すると雄介はすがるような目で医師を見上げ、「お願いします」とはっきり答えた。瑤子と違ってとても冷静で素直だった。

そんな雄介が可哀想でならなかった。哀れでならなかった。何も無理をしなくていいのだ。優等生を演じなくてもいい。むしろ、「助けてください」と思いの丈を吐き出してほしかった。やがて医師たちが病室から出ていくと、雄介は力なく笑った。

「母さんは相変わらず嘘が下手だね」

もちろん返す言葉はなく、瑤子はベッドの脇で蹲ってしまった。

雄介が脊髄損傷になったと聞かされてから、瑶子は生きた心地がしなかった。今まで交通事故とは全く無縁で、他人事だった。

瑶子はその瞬間から暗い穴蔵に入った。そして、針の穴の一点から、明るく眩しい外の世界を覗いた。あそこには花いっぱいの庭がある。山がある。海がある。いつもと変わりない、穏やかに流れる日常がある。けれども、それらはもう手の届きそうにない遠い別世界だった。

瑶子は、一つの大きな悔恨の思いに駆られていた。雄介の大学入学の春、通学するにはバイクか車か決めかねていた。もし事故に遭ったら、バイクは身体がもろに出ているから危険だ。命を守ってくれるのはやはり車だ。夫はそう言ってバイクを猛反対したが、瑶子はしぶしぶ認めてしまった。

雄介がバイクに憧れているのを、よく知っていたからである。瑶子はただ雄介の喜ぶ顔を見たかったのである。現に待望のバイクを手に入れると、毎日その手入れに余念がなかった。そして学校が休みになると、友人と連れ立って、長野や佐渡、三方五湖とツーリングに出掛けた。帰りにはお菓子や漬物、瑶子には可愛いブローチなど、必ず何か土産を買ってきてくれた。だがその横で、夫は渋い顔をしていた。

もしあのとき夫の言うとおりにしていれば、こんな悲惨なことにはならなかった。実際、車に乗っていた相手の男性は、軽い鞭打ちで済んだではないか。瑶子もバイクを反対していれば、素直な雄介はそれに従ったに違いない。そして今ごろ、首に白い頚椎カラーを巻きながらも、元気に大学へ通っていただろう。

蝉がしきりに鳴いている。あれは蜩だ。相変わらず厳しい残暑が続いているが、蝉は明らかに夏の終わりを告げていた。山を切り開いて造られたこの公園には、滑り台、ブランコ、鉄棒、シーソーなどの古い遊具が備え付けてある。けれども、そこには全く人影がなかった。公園の真ん中に、一本の大きな欅の木が枝葉を広げている。その木の下にベンチがあった。短冊状の板を繋ぎ合わせて半円形に仕上げてあり、四、五人が座ることができる。中央に腰を下ろすと、木陰の涼やかな風が頬を過っていった。

ふと前方を見ると先客がいた。一人の男性が、松の木の下で背中を丸くしてしゃがんでいる。一体何をしているのだろう。手に白い軍手をはめて、草刈り鎌を持っている。そうだ、草取りをしているのだ。瑤子はそこで初めて気が付いた。足元の手入れの行き届いた芝生を、そっと指先で撫でてみた。

男性と目と目が合った。瑤子は軽く会釈した。すると、彼はやおら立ち上がり、ゆっくりと近づいてきた。グレーの作業服に黒い野球帽、首には白いタオルを巻いている。七十代半ばだろうか。瑤子は一瞬身構えたが、よく見ると悪い人ではないらしい。むしろ、日焼けした健康そうな顔と小さな目が好もしい。

「いつまでも暑いねえ」

瑤子の横に座った男性は、タオルで汗を拭いながら親しげに話し掛けてきた。

「ご苦労さまです。公園のお掃除なさっているのですか」

「そうながです。ここへ来ると、なんでか知らんけど気持ちが落ち着くがです。朝早い仕事なので、夕方になると暇になってね。まあ、ボケ防止ですな。淋しいこの公園に沢山の子供たちが戻ってきて、昔のように賑やかにならないかと思ってね」

「そうですねえ、今の子は家の中でゲームに夢中らしいです。それに外は何かと危険です。この前も幼い女の子が誘拐されて、何日も監禁されていましたよね。子供が一人で外へ遊びに出るなんて、考えられなくなりました」

「本当におかしな世の中になったもんだ。わしの孫なんか、毎日真っ黒になってこの公園で遊んでいたもんだが」

彼は感慨深そうに言った。

「まあ、そうなんですか。私も息子が幼いころ、よくこの公園にやって来ました。息子はここから電車を見るのが大好きで。もう十六、七年も前のことですが」

「それはそれは」

「あのころは、元気な子供たちで本当に賑やかでしたね。お宅、この近くなんですか」

「ええ、この公園の下で、ばあさんと豆腐屋をしていますちゃ」

そういえば、むかし何度か豆腐を買ったことがある。大豆の濃厚な味の豆腐だった。瑤子は、急に男性に親しみを覚えた。

雄介は結婚五年目にようやく授かった、たった一人の子供である。けれども、生まれながらにして病弱だった。胃腸が弱いうえに、小児喘息を発症した。朝の四時ごろになると決まって発作が起き、咳き込む雄介を抱き締めながら夜明けを待った。瑤子は神経質になり、いつも家の中で遊ばせていた。いろんな玩具を買い与え、外へ出すことはめったになかった。

そんなある日、夫がプラレールを買ってきた。レールの上を走る、プラスチックの電車である。すると雄介は目の色を変え、手を叩いて喜んだ。夫もレールをレイアウトしながら、雄介と一緒になって子供のようにはしゃいでいた。

雄介はこんなに電車が好きなのだ。そうと知った瑤子は、晴れた昼下がり雄介を背負い、電車が通り過ぎる時間を見計らってこの公園にやって来た。徒歩で十分ほどの距離なので、散歩がてらにちょうど良かった。毎日せがまれて通い続けているうちに、雄介はいつの間にか、公園の中を走りまわる元気な子供になった。

気が付くと陽が西に傾いている。ブランコや滑り台が朱色に染められ、横にいた男性はもういない。また草取りを始めていた。瑤子も気を取り直して立ち上がり、男性に「失礼します」と大きく声を掛けて公園をあとにした。

十月に入ると、窓から差し込む陽も和らいできた。雄介は個室から一般病棟に移された。早速ベッドから離れて、リハビリが始まった。雄介は初め両足の麻痺だったが、やがて右足にわずかな感覚が戻ってきた。午前中の一時間、一階のリハビリテーション室で訓練するのだ。雄介は二週間も寝たきりだったので、車椅子に座って院内を移動したときには、本当に嬉しそうだった。十キロも痩せてしまったが、顔にも生気が戻った。

雄介の病室は三階の四人部屋だった。朝から家族や見舞客が出入りして、個室とは打って変わって賑やかだった。雄介は家族以外の面会を禁じられていたが、それも許され、見舞い客が一人二人と訪れるようになった。だが瑤子は雄介の気持ちを訊いて、廊下で帰ってもらうことが多かった。特に親戚や近所の人には、哀れな姿を見せたくなかったのだろう。同情や慰めはただ疲れるだけだ。雄介は口には出さず、ただ首を横に振るだけだった。

「たった今、休んだところなので……」と丁重に断るしかなかった。それでもみんな嫌な顔もせず、見舞い金や花束を置いてすごすごと帰っていった。その後ろ姿に、瑤子は深々と頭を下げた。

そんなある日の午後、二人の親友がやってきた。高校時代の同級生で、ツーリング仲間でもある。たまに家に遊びに来ていたので、瑶子は顔を見るなり涙が溢れそうになった。張りつめていた気持ちが、一気緩んでしまったのである。

「どうですか？　雄介」

病室の前で二人は声を揃えて言った。

「まあ、お忙しいのに来て下さったの」

「いえいえ、もっと早く来たかったのですが、いろいろ大変だろうと思って……」

「済みません。気を遣って頂いて」

あまりにも重篤な怪我なので、顔を見るのが辛かったのだろう。もちろん雄介の気持ちを訊くまでもないので、そのまま病室に通した。

「やあ」

三人が共に交わした最初の言葉だった。けれども、その後が続かなかった。友人の二人は、慎重に言葉を選んでいるようだ。やがて、一人が沈黙を破って雄介の肩を叩いた。

「元気そうじゃないか」

「うん、まあね」

雄介は明るく笑った。無理をしている。そう思うと、胸が張り裂けそうになった。そんな重い空気を紛らすように、瑤子は二つの丸椅子を持ってベッドの向こう側にまわった。

「さあ、ここに座って下さい」

「はい、お母さん、お構いなく」

それでも二人は立ったまま、硬直した姿勢を崩さなかった。すると、雄介はとつぜん叫んだ。

「歩けないんだ。まだ一歩も歩けない」

一瞬、周りの空気が凍り付いた。

「俺の人生もう終わりだよ」

「何を言っているんだ。そんなことだろうと思って、カツを入れに来たんじゃないか」

今度はもう一人の友人が語気強めて言った。

「すまん、心配かけて……」

そのとき、瑤子は初めて弱音を吐く雄介を見た。雄介は涙を浮かべていた。だが何故か嬉しかった。母親の自分にさえ見せなかった胸の裡を、ここで露わにしたのである。友人に甘えることによって、雄介の苦しみが少しでも軽減されればと思う。やがて二人は長居はせず、十五分ほどで帰っていった。

瑤子はその日もみどり児童公園に行った。ようやく秋風が吹き始めて過ごしやすくなった。もちろん、あの男性も来ていた。何度か逢ううちに、男性と顔馴染みになった。いつものようにベンチに座ってとりとめのない話をしていると、携帯電話が鳴った。軽快なメロディは瑤子のものとは違う。だがとっさに雄介の病院からかと思いバッグの口を開こうとすると、男性は慌てて手で制した。

「ああ、失礼、わしの方だわ」

彼は慌てて胸ポケットから、黒い携帯電話を取り出した。そして、ボタンを押し始めた。メールの返信らしいが、かなり手間取っている。やがて、それを静かに閉じた。

「コウセイの友達からですよ」

「コウセイ？」

瑤子は首を傾げた。

「ああ、孫だちゃ。わしの孫ながです。恒星ちゃ、自分から輝く星で、わしが付けたがです。良い名前でしょう」

彼は得意そうに言った。それにしても孫の友達からメールとは？　瑤子はまだその意味が飲み込めなかったが、「そうなんですか」と適当に返した。

「よく恒星にメールが届くがです。この携帯は恒星が忘れていったもので、きっと困っていると思うがです。頭の良い子だけど、わしに似てそそっかしいのがたまに傷でして」

「まあ、それであなたが対応なさっているんですか」

「ええ、先日遠い所へ旅に出ていってしまったもんだから、わしが代わりに。中学生の恒星は学校でも人気がありましてね、友達からしょっちゅうメールが入いるがです。だけど、友達は恒星が旅に出たことを知らんもんで……。それより、本人の電話を首を長くして待っとるがやけど、一回もこんがです。今ごろどうしているのやら……」

彼は空の彼方に目をやった。一体どういうことなのだろう。瑤子はさすがに彼の精神状態を疑ったが、たまたま公園で会った行きずりの人、深く立ち入らないことにした。

「ところであんた、何かあったがけ」

男性はとつぜん瑤子に向き直った。

「えっ、どうしてですか」

「だって顔色が悪いし、こんな淋しい公園に毎日来るなんて不思議だと思ってね」

「ええ、大したことではないのですが、いろいろと……」

「まあ、この世の中、いろんなことがありますよ。でも人間は弱いもんです。良いことも悪いことも、与えられた運命に従うしかないんだよね」

何故か、男性の目に光るものがあった。

翌日、珍しい見舞客が訪れた。高校の一年後輩の弥生さんだ。雄介と同じ水泳部に所属していて、名前だけはよく聞いていたので、以前から気になっていた。もちろん顔を知らないし、どんな家の娘かも知らなかった。

弥生さんが入ってくると、部屋の中が急に明るくなった。その瞬間、雄介の顔もほんのり赤くなった。弥生さんは浅黒で溌剌とした女性だった。父親が工務店を経営していて、窓口の事務を一手に引き受けているという。

「雄ちゃん、どう?」

「うん、リハビリなかなかうまくいかないよ。平行棒に掴まって立ち上がろうとするんだけど、まだ全然駄目。ただぶら下がっているだけなんだ」

「そんなに焦らないで。ゆっくりでいいのよ」

「こんなことで奇跡なんか起きないよ。一生、車椅子の生活だよ」

「不完全損傷なんだから大丈夫。元気出しなさい。リハビリ頑張れば必ず歩けるようになるって。うちの会社のお客さんで医者がいるんだけど、そう言ってたよ」

「まあ、本当ですか」

瑤子は思わず身を乗り出した。

「そうですよ。神様は乗り越えられない試練なんて与えないんだって」

なんと心強い言葉だろう。それしても、弥生さんはどうしてそんなことまで知っているのだろう。ああ、そうだ。メールで連絡を取り合っているのだ。

「ねえ、話は変わるけど、雄ちゃん、根本豆腐店って知ってるでしょう」

「根本豆腐店?」

「ほら、みどり児童公園の下の小さな店よ」

「ああ、思い出した。確かあの家に男の子がいたよね」

「そう、恒星くんよ。小柄で可愛い子、小学校の後輩だった」

「今、中学生かな」

「ええ、中学三年よ」

「それがどうかしたの」

「死んじゃったのよ」

「死んだ?」

「そうよ、一か月ほど前」

「何か悪い病気でも」

「ううん」

「じゃ、交通事故?」

「違うわ。あの公園の近くの大川に身を投げたのよ。五百メートルほど流されて、近所の人が見つけて引き上げたときにはもう心肺停止だったって」

「じゃ、自殺したってこと？　どうしてまた」

「学校でいじめられていたみたい。高校受験を控えていたのに、十日ほど前から不登校になっていたらしい」

「可哀想に。なんとかしてあげられなかったかな」

「若いのに勿体無いないよね。これからしたいことや、楽しいことがいっぱいあっただろうに」

二人の話によれば、根本豆腐店は昔から手作り豆腐で有名だったが、今はほとんど廃業に近い。近くに大型ショッピングセンターがきてから、全く客足が途絶えてしまった。かといって、スーパーに卸すほどの量産もできず、買い物に行けない近隣の年寄り相手に老夫婦で細々と続けているらしい。

家庭的にも複雑で、恒星くんが小学二年のときに両親が離婚した。恒星くんを引き取った母親は、住み込みの旅館で働くようになり、彼はほとんど祖父母に育てられた。特に祖父が父親代わりで、恒星くんを溺愛していたという。その話を聞いて瑤子は胸を突かれた。恒星くんの祖父はまぎれもなく、瑤子が公園で馴染みになったあの男性ではないか。

それにしても弥生さんは、何故こんな縁起でもない話を持ち出すのだろう。瑤子は不思議に思ったが、分かるような気もした。雄介は生死を分けるほどの大怪我をした。けれども奇跡的に助かった。身体の不自由がまだあるけれど、命拾いをしたのである。

だが心を病んだ恒星くんは、生きたくても生きることができなかった。だから、雄介は感謝しなければならない。強く生きなくてはならない。弥生さんはそう言いたいのではないだろうか。

「雄ちゃん、ちょっと散歩しない？　今日はとても良い天気だよ」

「散歩？」

気が付けば、窓の外は抜けるような青空である。

「車椅子、押してあげるよ。気晴らしに違った景色を見てみようよ。気持ちが良いよ。お母さん、いいでしょう」

「いいです。いいですとも。お願いします」

瑤子はうっかりしていた。弥生さんは雄介と二人になりたいのだ。雄介はもう二十歳、立派な大人である。今後いかなることが起きようとも、親の手を離れて自立していかなくてはならない。

窓から中庭を見下ろすと、車椅子を押す弥生さんの姿が見えた。暖かな陽だまりの中で、二人は何か楽しげに話し合っている。雄介は弥生さんを見上げ、弥生さんは雄介を見下ろしている。明るい笑い声が、この三階の窓辺まで届いてきそうであった。

瑶子は空を見上げた。久しぶりの空だった。あの事故以来、瑶子は空を見上げることが一度もなかった。吸い込まれそうな青い空に、銀色に光る飛行機が真っ直ぐ飛んでいった。

翌日から雄介は一変した。人が変わったように、リハビリに熱心に取り組むようになった。リハビリは想像以上に厳しかった。吊上げトレッドミルで、体重を軽減しながら、歩く練習を繰り返す。そうすることによって、麻痺した足に歩く感覚を蘇生させるのである。

初めは平行棒にぶら下がっているだけだったが、やがて両足に力が入るようになった。病院の廊下でも、手すりに掴まって歩く練習をした。だがそれは危険が伴うことなので、瑶子が常に付き添った。

「雄介くん、無理をしないでね」

すれ違う若い女性の看護師に、雄介は笑顔で応えた。

「はい、分かりました。気を付けます」

瑶子は久しぶりにみどり児童公園にやって来た。季節は秋から冬へ、日暮れがすっかり早くなった。瑶子は、何かに追い立てられるように病院を出てきた。それでも公園に来たのは、あの男性に逢えるかもしれないと思ったからだ。

　弥生さんの話を聞いてから、恒星くんのことが他人事とは思えなかった。一言、男性に励ましてあげたかった。いろんな意味で、もう一度「ごくろうさま」と言ってあげたい。だがあれ以来、一度も顔を見ることがなかった。

　公園の中はいつにも増してひっそりとしている。辺りを見まわしてあの男性を探すが、やはり何処にもいない。あんなに元気そうだったのに、風邪でも引いたのだろうか。それとも家族にまた何かあったのか。瑤子は嫌な予感がしてならなかった。

　もし運が悪ければ、瑤子も雄介を失うところだった。例えもとの身体に戻れなくても、その命は何にも代えがたい宝である。遠い所へ旅に出た。そそっかしいのがたまに傷でして。男性はそう言いながら携帯電話を握り締め、恒星くんの連絡を待っていた。拾った命と捨てた命、いずれの命も同じ重さで愛おしい。

　そして、一度は疑った男性の精神状態。人はどんな悩みを抱えているか分からないものだ。男性は独り芝居を演じながら、自分を慰めていたのだろう。それだけに事態が深刻で悲しいのだ。

　今の自分なら、少しは理解できるような気がする。分かってあげられるような気がする。いや、まだ本当には分かっていない。抱き締めれば我が子の身体は温かく、胸の鼓動も聞くことができる。我が子は、瑤子の手の内に歴然とあるからだ。

ベンチに座れば枯れ葉が掌に落ちてくる。茶色く縮れた葉がまっすぐ降りてくる。欅の木が冬支度を始めたのだ。ふと向こうの松の木の下を見れば、無心に草取りをしているあの男性がいる。あんた、何かあったがけ。彼は今日もさりげなく話し掛けてきた。けれどもあれはまぼろし、一つ瞬きすれば呆気なく消える。

何故か、男性ともう二度と逢えないような気がした。空を見上げれば雲は厚く低かった。黒いうねりが頭上を圧し、辺りは闇夜のように不気味だった。そして静かだった。瑤子は気の遠くなるような静寂の中で、じっと立ち尽くした。

そのとき、雲間から目も眩むような光明が現れた。天上から地上へと、放射状の光がまっすぐ伸びている。天使の梯子だった。瑤子がいつか旧約聖書の中に見つけた、忘れられない言葉だった。天使がその光の梯子を伝って、上ったり下りたりしている。イエスの兄弟、ヤコブがそんな不思議な夢を見たという。

よく見ると、神々しい光の中を誰かがゆっくり下りてくる。あれは恒星くんではないか。生きたくても生きられなかった彼は、天使になってお祖父ちゃんに逢いにきたのかもしれない。今ごろ、男性の手中にあるあの黒い携帯電話が軽快に鳴り響いているだろう。瑤子は暮れゆく空を振り返り振り返りしながら、公園の石段をゆっくり下りた。

師走の末、朝から粉雪が降る底冷えのする日だった。雄介はようやく退院することになった。まだ杖歩行でこれからもリハビリに通わなくてはならないが、年末年始、家で過ごすことができる。

病院での最後の昼食を済ますと、雄介は自分で身支度をした。時間は掛かるが、瑤子が手を出さないのが鉄則だ。手を出せば、「いいから！」と言って叱られてしまう。やがて医師や看護師に見送られて、病院をあとにした。

瑤子は久しぶりに晴れやかな気分になっていた。雄介を車の助手席に座らせながら、饒舌になっていた。

「最近、弥生さん顔見せないね」

弥生さんはあれから一度来たきりである。

「彼女、仕事で忙しいんだよ」

「だって、仕事の合間にちょっと寄るぐらいできるんじゃないの」

「母さん、何か勘違いしていない？　俺たちそんなんじゃないよ」

瑤子はまた余計なことを言ってしまった。もしかしたら、雄介と弥生さんがいい関係になってくれるかもしれない。いや、是非そうなって欲しい。都合のいいシナリオを見抜かれてしまった。瑤子は急にハンドルを右に切った。

「母さん、どうしたの。道が違うよ」

「うん、分かっている。ちょっとあの公園の前を通ってみたいの。母さんとよく電車見にきたんだよ。あんた、走っていく電車に手をちぎれるように振ってた」

「へえ、俺そんなこと全然覚えてないな」

「それはそうよ。まだ三つだったもの」

瑤子はいつものように車を公園の下に停めると、石段を見上げた。石段にはうっすら雪が積もっている。もちろん人影はなかった。やがて、瑤子はゆっくりアクセルを踏んだ。すると、雄介は身を乗り出すようにして叫んだ。

「根本豆腐店の看板が外されているよ。ほら、あそこ」

だが瑤子は後ろに長い車列が続いているので急には停まれない。ハンドルを握りながら、雄介が指さす方を横目に見れば、古い平屋の家が滲んで流れた。

雲隠れの月

七月初旬のある日、鈴木恭子は高等学校の同期会に出席した。還暦を機に十年振りに開かれたので、八十人ほどの参加で盛会のうちに終わった。

夕方四時過ぎにホテルの正面玄関から出ると、とつぜんむせ返るような熱気が襲ってきた。道路一本隔てた富山城址公園の木々が、まだ燃え盛る陽の中で息を殺していた。その手前には、ガラスで造られた三角錐のオブジェが高く立ち上がり、銀色に輝いて眩しい。恭子は目を細めて、バッグの中から携帯用の日傘を取り出した。

「じゃ、またね」

「元気でね」

お互いに名残惜しそうに言葉を交わしながら、散り散りに別れていった。恭子は仲の良い友達二人と、デパートのある街の中心部に向かって歩き出した。バス停一つの距離だが別れ難く、いつの間にかゆっくりと歩いていた。三人はもう半年近く逢っていなかった。

「恭子ちゃん、鈴木先生まだ若いのに残念だったたね。淋しくなったでしょう」

心から労わる温かい言葉だった。

「そりゃそうよ。三十年以上も共に暮らした夫婦だもの、なってみなきゃ分からんわよ、ねえ」

そういう彼女はいつも元気な夫の愚痴ばかり言っている。

恭子は、今年の正月明けに夫の賢治を亡くした。彼は高校の教師をしていたので、友達も近所の人もみんな「鈴木先生」と呼んでいる。去年の春に定年退職したのだが、それは今も変わらない。

あれは粉雪が舞う底冷えのする日だった。夕方晴れ間をみて、恭子はスーパーへ買い物に出掛けた。重い荷物を両手に持って帰宅すると、賢治がリビングのソファーで丸くなって蹲っていた。朝から休みなく雪掻きをしていたので、疲れて眠ってしまったのだろうと思い、毛布を掛けようとして異変に気付いた。すぐに救急車を呼んだが、そのときにはもう息がなかった。急性の心筋梗塞だった。

年に一度の定期検診や適度の運動、そして野菜中心の食事など、健康には人一倍気を遣っていたのだが、こんなにも呆気なく逝ってしまった。あの努力は一体何だったのだろう。あまりにも急なことで、恭子は葬儀以来、立ち上がることができなくなった。雪が溶けて春がきても、外へ出る気がしなかった。庭の手入れもままならず、雑草の中に咲く花を虚ろに眺めていた。そんな恭子を二人は半ば強引に誘い出したのだった。

「娘がいつも言っているわ。鈴木先生は教師の鑑だった。特に勉強のできない子や貧しい家の子に愛情を注いで、あんな熱血漢な先生は今時いないって」

賢治は、彼女の長女を受け持ったことがあるのである。そう言われると悪い気がしなかった。むしろ、誇らしい気持ちになった。

やがて、三人はデパートの前で別れた。友達の二人は、急いで家族のもとへと帰っていった。独りになった恭子は急に足が重くなった。いつもはデパートの地下で、弁当か食材を買って帰るのだが今日は諦めた。昼のイタリア料理で胃が重く、夕食はお茶漬けで簡単に済ますことにした。

恭子は帰りの路線バスに乗った。十五分ほどで恭子の住む街に着く。二十年ほど前から急に拓けた南の郊外で、今では賑やかなレストラン街になっている。恭子はバスに揺られながら、うつらうつらした。目を閉じると、急に熱い涙が滲んできた。祭りの後の静寂に、独り取り残されたような淋しさに襲われたのだった。

バスを降りて百メートルほど行くと、大谷石の高い塀が見えてくる。近所でも有名な資産家の家で、その角を右に曲がると五軒目が恭子の家である。ブロック塀の上から、サルスベリの木が二階の窓まで伸びている。縮れたピンクの花が、一週間ほど前からちらほら咲き始めた。

サルスベリは賢治の好きな花だった。夏に咲く花が無いので淋しいと言って、庭師にわざわざ入れてもらったのである。そんなサルスベリを、恭子は家の目印にしていた。家の前にサルスベリの花が咲いているからすぐに分かるわ。夏の来客には、恭子は必ずそう言うことにしている。

大谷石の塀の角を曲がったところで、ふと立ち止まった。前方を見ると、見知らぬ男性が恭子の家の前でうろうろしている。あれは誰だろう。恭子は日傘を傾けながら近付いた。そして声を掛けようとすると、男性は急に踵を返して足早に立ち去った。白のカッターシャツに黒いズボン、三十代のサラリーマン風の人だった。その後ろ姿を訝しげに見ながら、恭子はしばらく門の前で立ち尽くした。

家の中に入ると、恭子はすぐにリビングのクーラーを点けた。南側の日当たりの良い部屋なので特に暑い。日除けにゴーヤの蔓を這わせたり、遮光カーテンを下げたりしている。出窓には賢治の写真立てが飾ってあり、その窓際に使い込まれた飴色の籐椅子がある。賢治専用の椅子で、毎日そこに座って本を読んだり、テレビを観たりしていた。

誰もいない部屋は空気が淀んで息苦しい。おまけに、汗ばんだ身体にジョーゼットのワンピースが張り付いて気持ちが悪い。急いで着替えをしようとすると、後ろで「お帰り」と賢治の声がしたような気がした。恭子は思わず振り返った。こんなとき、土産話を真面目に聞いてくれる優しい人だった。

みんな子供や孫の話ばかり。それに、「子供が自立したので今では夫婦二人きり、毎日ドライブや温泉旅行、まるで新婚時代に戻ったみたい」などと、のろけられては耳を塞ぎたくなる。覚悟はしていたけれど、本当に嫌になった。だって、私には自慢すること何もないんだもの。相変わらず、写真の賢治は穏やかに笑っている。

恭子は久し振りの外出で疲れていたので、夕食までベッドで仮眠を取った。目が覚めると、窓の外がうす暗くなっていた。時計を見るともう七時過ぎ、一時間余り熟睡したことになる。恭子は気が急いた。早くカーテンを閉めて、電気を点けなくてはならない。賢治がいなくなってから、明かりのない家が怖いのである。

恭子は家中を明るくして、キッチンのシンクの前に立った。すると、小窓の向こうの木の繁みに、あの男性の後ろ姿が浮かんだ。あれは何だか怪しい。もしかすると、家の様子を探りにきたのではないか。窃盗、強盗、振り込め詐欺、今の日本は何でもありだ。特に女の独り暮らしは狙いやすい。その証拠に、あの男性は恭子の姿を見るや否や慌てて逃げ出したではないか。そう思うと足元から震えがきた。恭子は相変わらず小心者で、つまらないことで悩んでしまう。

そんな恭子にもたった一つの楽しみがあった。毎日午後十一時二十分から翌朝の五時まで、ＮＨＫの「ラジオ深夜便」が入るのである。

「日本列島暮らしの便り」「ナイトエッセイ」「ミッドナイトトーク」などと、いろいろ退屈しないように番組が組まれている。リスナーは二百万人ともいわれ、特に高齢者に人気があるらしい。賢治亡きあと、恭子もファンになった。眠れない夜など、アンカーの静かな語り口は優しい子守歌のようだ。

恭子はベッドに横たわると、枕元にある携帯ラジオのスイッチを入れた。今日は土曜日、零時から「大人のリクエストアワー」が始まる。ラジオに耳を澄ますと、男性アンカーの温かく包み込むような声が聞こえてきた。ゲストの女性歌手を相手に、楽しいトークが始まったのである。

「こんばんは。毎日暑いですね。いつもは和服をお召しですが、今日は涼しそうなワンピースですね。この色は何と言いましょうか、薄い紫に白いぼかしの花柄がとても素敵です」

ラジオは耳だけに頼るので、まずゲストの服装の説明をするのである。

「はい、有り難うございます。これはラベンダーの色なんですよ。私は北海道生まれなので、この色が大好きなのです。これから、富良野でラベンダーが一斉に咲くんですよ」

いつか旅行のガイドブックで目にした、広大な紫色の畑が目に浮かんだ。

「ああそうか、これはラベンダーの色ですね。それがすぐに出てこないんです。ぼくももう歳ですかね」

今日のアンカーはアナウンサーのＯＢである。

「まあ、そんなことはありませんよ。私だって、人の名前が出てこないことがあります。喉元までできているんですが、言葉にならない」

恭子と同年配の歌手は、ハスキーな声でアンカーと同調しながら笑う。恭子もうんうんと頷く。今夜は「遠い記憶をたどって」である。

「最初は新潟県にお住まいのそよ風さん。七十代の男性です」

アンカーがメッセージを読み始めた。

「私たち夫婦は米作りをしながら喜寿を迎えました。友人の紹介で知り合い結婚しました。これまで紆余曲折ありましたが、今はとても幸せです。孫も七人います。新婚のころによく歌った、和田弘とマヒナスターズの『北上夜曲』をお願いします」

次にアンカーは簡単な歌の説明をする。

「北上夜曲は昭和三十六年に、岩手県が生んだ青春の愛唱歌ですね。和田弘とマヒナスターズは六人のコーラスで、誰もが魅了される素晴らしい歌声です。それでは幸せなご夫婦にお届け致しましょう」

匂い優しい白百合の……。明かりを消した寝室に清らかで澄み切った歌声が流れ、頭上に輝く星空が現れた。恭子も高校生のころによく歌った懐かしい曲である。合唱部から行った立山登山や海辺のキャンプが蘇る。明々と燃えるキャンプファイヤーを囲みながら、スクラム組んで歌った唱歌や抒情歌の数々。まだ純粋で甘い恋を夢見る乙女の時代だった。

八月に入り、ますます暑い日が続いた。その日、恭子はどうしてもデパートへ行かなくてはならなかった。賢治の葬儀のときに、お世話になった人にお中元を送るためである。明日は明日はと思っているうちに、遅くなってしまった。

午後になって重い腰を上げた。予想通り、中元コーナーは混雑していた。番号札を受け取り、並べられたパイプ椅子に座って呼び出されるのを待った。恭子の生活がこんなにも一変してしまったのに、そこには去年と変わらぬ日常が流れていた。

そのとき、隣の席で赤ん坊がぐずり出した。若い母親がだっこ紐で、カンガルーのように子供を抱えているのだが、甲高い泣き声が辺りに響く。母親は赤ん坊を揺すりながら、済みません、と言って恭子に頭を下げた。

いいえ、赤ちゃんは泣くのが仕事、気にしないで下さい。冷房があまり効いていないから、暑いのかもしれませんね。ええ、少し風邪ぎみもあるんです。仕方なく母親はだっこ紐を解くと、赤ん坊を膝に抱いた。二歳ぐらいの女の子で、真っ赤な顔をしている。やがて、赤ん坊はようやく泣き止んだ。泣き疲れてしまったのか、母親の胸の揺り籠で気持ち良さそうに目を瞑っている。母親は安堵の笑顔を向けた。

恭子は、そんな子育ての苦労も喜びも経験していなかった。思い返せば、あれほど辛い日はなかった。やはり暑い夏の朝、洗濯物をベランダで干していると、とつぜん下半身から生温いものが流れた。足元を見ると大量の鮮血だった。たまたま夏休みで賢治が家にいたので助かった。新聞を読んでいた彼は、血相を変えて病院へ連れていってくれた。

驚いたことに恭子は妊娠していた。結婚してから五年目、待ちに待った子供なのに流産してしまったのである。子宮にできた筋腫が、成長する胎児を圧迫して流れたのだった。しかも筋腫があまりにも大きくなっていたので、子宮の全摘出となった。

恭子は帰りのバスに揺られながら、また考えた。この前のあの男性は一体誰だろう。あれから事あるごとに思い出されてならない。もしかすると、賢治の教え子かもしれない。ああ、そうだ。ふいに蘇ったのは、懐かしくも充実した日々だった。

賢治は三年生の担任を何度もしたので、数多くの卒業生を送り出した。専門は英語なのだが、テニス部の顧問もしていたので、日焼けした元気な生徒たちがよく遊びに来た。小さな文化住宅の玄関は、生徒のスニーカーでいっぱいになった。泥で汚れたものや踵の潰れたもの、恭子はそれらを何度も綺麗に並べ変えた。

恭子の役目は、生徒の腹を満たすことだった。お茶やお菓子はもちろんのこと、昼近くになるとお握りやおはぎを作って食べさせた。みるみる空になっていく大皿を、恭子は満足げに眺めた。子供のいない恭子は、そんな賑やかな時間が何よりの楽しみだった。賢治が退職してからも、そんなことがしばらく続いた。恭子は時々、生徒たちのあの弾けるような笑い声を思い出す。

バスを降りて大谷石の塀の角を曲がると、恭子は目を疑った。今日もあの男性が家の前にいる。幻を見ているのだろうか。いやそうではない。恭子は今度こそと思い、足早に駆け寄った。

「あのう、何かご用ですか」

男性は驚いて振り向いた。

「鈴木先生の奥さんですか」

「ええ、そうですが」

恭子は男性と門の前で向き合った。

「ああ、良かった。お会いできて……」

彼は安堵の声を漏らした。間違いなくこの前の男性だ。しかも賢治のことを、「先生」と言った。やはり賢治の教え子なのだ。そう思うと急に親近感が湧いた。

「何度も来て下さったの」

「今日が三度目です」

「まあ、ごめんなさいね」

「ぼく先生が亡くなられたこと、最近知りました。東京の製薬会社に勤めているんですが、先日富山に転勤になって、家族から聞いて驚いています。遅くなりましたが、お参りさせて頂きたいと思いまして」

「じゃ、あなたは主人が受け持った生徒さんなのね」

「あっ、はい、そうです」

男性は何故か声を詰まらせた。

「まあ、それはそれは。主人喜びますよ」

恭子は嬉しくなって、家の中へいそいそと招き入れた。

男性はリビングのソファーに座ると、膝に手を置いたまま畏まっている。

「さあ、楽にしてね。それで、あなたのお名前は何ておっしゃるの」

「はい、アメミヤオサムと言います」

「オサムさんはどんな字を書くの」

「天下を治めるの治です」

「まあ、立派な名前ね」

「はい、立派な名前なんです」

治は茶目っけのある目をして笑った。

手早くコーヒーを淹れて戻ると、治は出窓の方を眩しそうに見ている。視線の先には賢治の写真がある。

「最後の卒業式に、この家の玄関先で撮ったのよ。ところで、卒業された学校は何処なの」

「あっ、はい。あのう、清流高校です」

治はそこでも言い淀んだ。賢治は県内の高校を何度転勤しただろうか。清流高校は優秀な進学校だが、賢治がいつごろ勤務していたかはっきりしない。

治を座敷に案内すると、仏壇の前に座って手を合わせた。恭子もその後ろに座りながら、あのときの子供が無事に生まれていれば同じ年頃で、このような立派な青年になっていただろうと思うと辛かった。柱時計を見上げると十一時半。恭子はデパートで買ってきた鱒ずしを思い出した。

「あなたもうお昼だけど、鱒ずし食べる?」

「はい、もちろん食べますが、ぼくもう失礼しますから」

「あら、そんなこと言わないで」

「済みません。でもいいんですか」

「ええ、いいのよ。一緒に食べましょう。主人が現役のころ、この家はとても賑やかだったのよ。夏休みになると、生徒さんが大勢遊びに来て、いろいろ食べさせるのに大変だったんだから。じゃ、ちょっと待っててね」

　何と素直で気持ちのいい青年なのだろう。恭子は治をすっかり気に入ってしまった。早速、キッチンに入って鱒ずしを八等分に切り分け、コップに麦茶を注いだ。

「さあ、どうぞ」

　恭子はリビングに戻ると、それらをテーブルに置いた。

「東京の生活が長かったので、鱒ずしは久し振りです」

　そう言いながら、治はおずおずと箸を手に取った。

「だって、実家は富山なんでしょう」

「はい、でも両親はもういません」

「まあ、ごめんなさい。悪いこと聞いたわね」

「いいえ、いいんです。母はぼくが中学一年のときに、乳がんで死んでしまいました」

「じゃ、お父さんは？」

「父はぼくが生まれる前に亡くなったと聞いています」

「まあ、それじゃ、お母さんはご苦労なさったのね」

「はい、居酒屋を細々と続けながらぼくを育ててくれました」

恭子は次の言葉が出なかった。治は母亡きあと誰に育てられたのだろう。

「でもあなたの兄弟がいらっしゃるんでしょう」

「いいえ、いません。ぼくは一人っ子なんです」

「それは淋しいわね」

ということは、治には家族が一人もいないのだ。恭子も兄弟がいないのでその気持ちがよく分かる。

「ええ、でも叔母がいますから。母が亡くなってから、叔母が店を引き継いで頑張っています。ですから、叔母がぼくの母親のようなものなのです」

「そう、それは良かったですね。叔母さんがいらして。で、そのお店は何処にあるの」

「はい、すずかけ町にあります。古いビルの中の小さな店ですが……」

そんな治が愛おしくなって、恭子は鱒ずしを美味しそうに食べるその姿をしみじみ眺めた。

やがて治は腰を上げた。

「ごちそうさまでした。食べ立ちで済みません。あのう、先生のお墓は何処にありますか」

治は玄関先で訊いた。

「長山墓地にあるわよ。あそこは昔からある墓地だから、お墓が沢山あってなかなか見付からないわ。入り口にお寺があるので、そこで訊いてみてね。住職さんが教えて下さると思うから」

「はい、分かりました。いろいろと有り難うございました」

治は深々と頭を下げて帰っていった。

恭子は早速、賢治の書斎に入って卒業アルバムを探した。几帳面な賢治は、本箱の一番上の段にきちんと並べていた。それは賢治の一番大切なもので、教師として生きた証しだった。清流高校のアルバムはかなり古く、賢治の若いころのものと思われた。

表紙はグレーの布張りであった。表紙を開くと、トビラに満開の桜と校舎の写真が大きく載っている。クラスは五組まであって、男女の生徒が緊張した面持ちで整列していた。男子は詰襟の学生服、女子は紺色の上下で胸元に臙脂色のリボンが結ばれている。

学生服を着た男子生徒はみんな同じ顔に見える。そこで、写真の下に記された名簿に目を移した。けれども小さな文字ではっきり読み取れない。そろそろ老眼で、細かい文字が霞んでしまうのである。恭子はもう一度念入りに探したが、やはり雨宮治はないようだった。視力に自信のない恭子は、そのうちどうでもよくなってアルバムを閉じてしまった。

今日もラジオ深夜便の時間がきた。エンディグテーマ曲が流れて、大人のリクエストアワーが始まった。今夜は女性のアンカーで、顔は見えないが恭子にとって馴染みの人だった。

今日から「大切な人に贈りたい曲」である。

「それでは早速始めたいと思います。最初は千葉県にお住まいの青空さん。六十代の男性です」

アンカーが澄んだ声でメッセージを読み上げた。

「先月、四十年連れ添った妻を亡くしました。同じ大学に通う学生結婚でした。子供がいないので、二人でよく登山を楽しみました。妻が好きだった南こうせつの『神田川』をリクエストします」

恭子と同じく大切な伴侶を亡くした青空さん。「小さな石鹸カタカタ鳴って」のフレーズが耳に心地よい。南こうせつの語り掛けるような歌声を聴きながら、恭子は賢治と出会ったころを思い出した。

恭子は高校を卒業すると、デパートに就職した。最初は紳士服売り場に配属され、慣れない男性客の応対に戸惑っていた。先輩の巧みな接客を見ながら、自信を失いかけたころに賢治が現れた。

ショーケースに並んだネクタイを覗きながら、賢治は迷っているようだった。勇気を出して「どのような感じがいいですか」と訊くと、教師をしているので落ち着いたのがいいですと言う。ラフなトレーナーを着ているので意外だった。気に入ったのがありましたらお出ししますけど。恭子はそう言いながら、円い卓上ミラーを手元へ引き寄せた。

職場では紺色のスーツが多いというので、恭子が選んだのはイタリア製のブルーグレーのネクタイだった。白のチェック柄が落ち着いた中にも若々しさがあった。賢治は見た瞬間、ちょっと派手かなあと首を傾げたが、プロの目を信じてそれにしましょうと言った。

そう言われると恭子は不安になったが、賢治は再び来店して、みんなの評判が良かったですよと笑顔で言った。その後、賢治は度々来店するようになった。恭子はそれまで、教師や先生と呼ばれる人に近付き難いものを感じていたが、賢治はそうではなかった。何故か最初から親しみを覚えた。

やがて、賢治と外で逢うようになった。逢う度にいろいろ教わった。賢治は専門の英語以外に、スポーツや音楽にも通じていた。喫茶カフェで音楽を聴きながら、バスケットやテニスの話などをした。恭子はそんな知識が全くなかったので、とても新鮮だった。

交際して一年半、恭子は結婚を意識するようになった。だが、賢治は何故かそんな話題を避けていた。結婚を怖れているようでもあった。もちろん、身体を求めてくるようなことは一度もなかった。今時、こんな真面目な男性がいるのかと、感心したり不安になったりした。恭子はいろいろ考えた。恭子は高卒の店員、賢治は有名大学出身の教師。気付いてみれば、鈴木家の親戚は医師や教育者ばかりだった。それに比べて恭子の父は工務店の左官職人、釣り合うわけがない。賢治には、どんな素晴らしい縁談だってあるだろう。

ところが、賢治には深刻な悩みがあった。賢治は長男で弟が一人いるが、異母兄弟である。賢治の実母は賢治が十歳のときに亡くなり、父親はその二年後に再婚した。まもなく弟が生まれて、賢治と弟に確執が生まれた。それは継母が仕向けたようなもので、鈴木家の跡継ぎ問題が暗礁に乗り上げていた。

大学教授の父は家のことには無関心で、いつも机に向かっている人だった。継母はそれをいいことに、賢治が連れてくる女性に難癖をつけて、本家の嫁にはふさわしくないと決めつけた。賢治はそんな家の事情を、恭子の誕生日に打ち明けた。そして、長男だが家を継がないと言った。

同時にそれはプロポーズでもあった。恭子は嬉しかった。もちろん、賢治についていく覚悟はできていたので、あまり驚かなかった。けれども、最低限の筋だけは通さなくてはならない。秋の終わりの肌寒い日、恭子は賢治の両親に挨拶に行った。

鈴木家は県西部の散居村にあった。「カイニョ」と呼ばれる屋敷林の中に、大きな吾妻建ての家があった。門の前に立つと足が竦んだ。誰をも寄せ付けない重々しい空気が漂い、古木のにおいが恭子を息苦しくした。玄関から広い板の間に通されると、恭子は賢治の横で震えていた。応対に出たのは継母だった。

「恭子さん、あなた恭子さんでしたよね」

彼女は顎を前へ突き出して言った。

「賢治さんは、子供のころから評判の秀才だったのよ。何しろ、中学も高校も一番だったんだから。ところで、あなたは何処の大学を出ていらっしゃるのかしら」

恭子は何も言えなかった。

「それに、お父様は何処の会社にお勤めなの」

矢継ぎ早の質問に俯いてしまった。恭子は父の職業を卑下したことはなかったが、こんな人に何を言っても無駄だと思い我慢した。そのときだった。賢治がとつぜん立ち上がって叫んだ。

「そんなことは関係ないじゃないか！」

初めて目にする激昂した恐ろしい姿だった。賢治はまもなく家を出た。親の援助も断り、結婚式も諦めた。恭子はそんな賢治を逞しく思い、ようやく掴んだ幸せだった。

だがあの日、流産してしまった。しかも、永久に子供を産むことのできない身体になった。もう先が見えなかった。恭子はうつ状態に陥り、家事もできなくなった。賢治は、そんな恭子を励まし続けた。けれども、恭子は素直になれなかった。

「私と別れて、若くて健康な女性と再婚して下さい」

鬱積した心の遣り場がなくて、恭子が発した愚かな言葉だった。それでも賢治は優しかった。何も言わずにただ抱き締めてくれた。

賢治の実家とはいまだに和解していない。それが恭子の悩みだった。せめて子供が生まれていれば、少しは修復できたかもしれない。そう思うと辛かった。恭子は、賢治にも鈴木家にも負い目があった。


賢治の新盆を迎えた。恭子は涼しいうちに家を出た。賢治の墓は長山墓地の奥まった所にある。本来なら賢治は長男なので本家の墓に入るはずだが、弟が跡を継いだので別の場所に新しい墓を建てなくてはならなかった。

ところが賢治の死があまりにも急だったので、恭子はまだ墓のことなど考えてもみなかった。悩んだあげく賢治の友人に相談したところ、長山墓地にある寺の住職を紹介してくれた。

すると墓仕舞いをした一画があって、納骨までに何とか墓を建てることができた。

賢治の墓に花が飾ってあった。菊と桔梗とカサブランカ、まだ生き生きとした花々である。誰がお参りに来てくれたのだろう。あんなに葛藤のあった本家とは思われないし、とっさに雨宮治ではないかと思った。先日、家に来たとき、賢治の墓の在り処を尋ねたからである。

恭子は、墓参りを済ますと寺の前で立ち止まった。防火用水を入れた水槽に、小分けした墓参用の花が沢山入れてある。寺の正面玄関にまわると、戸は全て開け放たれ、御堂の中まで見通すことができた。奥の方を窺うと、住職の姿が見えた。

「こんにちは。鈴木です。先日は大変お世話になりました」

恭子は大きな声で挨拶した。すると、輪袈裟を着けた住職が笑顔で歩み寄ってきた。まだ六十過ぎの若い住職である。

「やあ、お暑いところを御苦労さまです。中へ入って、冷たいお茶でもどうですか」

恭子は腰を低くして御堂に入ると、そのまま仏前に座って合掌した。そして住職に向き直り、「つまらないものですが」と言って菓子箱を差し出した。

「いやあ、これはこれは。済みませんです」

「お蔭さまで、主人も落ち着く所ができて喜んでいると思います」

「まあ、運が良かったです。あなたも安心されたでしょう」

「はい、ようやく肩の荷が下りました。何しろ、世間知らずの私が独り取り残されたものですから、戸惑うことばかりで」

「ごもっともです。ところで、昨日若いご夫婦が来ていかれましたよ。先生のお墓を教えて差し上げました」

やはり治に違いない。若くて爽やかな顔が目に浮かんだ。それにしても、治が結婚していたとは知らなかった。

「きっと主人の教え子だと思います」

そう言いながら、恭子の胸に一抹の不安が過った。いかに恩師といえども、果たしてここまでするだろうか。教師と生徒の間に、そんな親密な関係が生まれるだろうか。

「鈴木先生は、生徒さんにずいぶん慕われていたんですね」

「はい、それはとても……」

恭子は消え入るような声で言った。


その日も恭子は深夜便に耳を傾けた。今夜も「大切な人に贈りたい曲」である。

「それでは始めましょう」

比較的若い声の男性のアンカーが語り掛ける。

「最初は富山県にお住まいの蜃気楼さん。三十代の男性です。蜃気楼といえばやはり富山ですね。今頃よく出るのでしょうか」

「そうですね。一度見てみたいですね」

今夜のゲストは、恭子の大好きなシンガーソングライターである。アンカーがメッセージを読み上げる。

「ぼくは今年の一月に父を亡くしました。事情があって、生まれる前から離れ離れになりました。顔も知りません。この春、ぼくは結婚しました。その報告を是非したいと思っていたのですが、父はもういません。父が好きだったという、荒木一郎の『空に星があるように』をリクエストします」

空に星があるように　浜辺に砂があるように……。耳元で囁くような荒木一郎の歌声が流れる。一番目の二小節ほど聴いたところで、恭子は思わず起き上がった。偶然にも、恭子がよく知っている曲だった。賢治が浴室でいつも口ずさんでいたからである。けれども、蜃気楼さんは全く知らない他人である。そう思うあとから疑念が湧いてくる。ぼくの父はもういません。父の好きだったという「空に星があるように」をリクエストします。降って涌いたようなメッセージ。

恭子はなかなか寝付かれなかった。そのメロディが恭子に纏わりついて離れない。仕方なくベッドから下りて洗面所に行き、コップ一杯の水を飲んだ。だが、胸の支えが下りてこない。どうしても気になるのは蜃気楼さんである。あのメッセージは、恭子と無関係ではないような気がする。その足で賢治の書斎へ入った。もう一度あのアルバムを確かめるためである。治は本当に賢治の教え子なのか。

まず表紙に記された年号を確かめた。一九七九年とある。今から三十五年前の卒業アルバムである。ところが治の歳はどう見ても三十代半ば、そんなことはあり得ない。この前はそこまで考えなかった。気が付かなかった。

次に生徒の名簿を見た。今度は男女も全て念入りに調べた。やはり雨宮治の名前はない。するとそのとき、「雨宮静江」という名前が目に飛び込んできた。恭子は思わず声を上げた。治と同じ苗字だったからである。しかも、静江の年齢を計算すると五十代である。

恭子は、整列した生徒の中から静江を探した。一番後列の右から三人目、名簿の配列からその生徒を見付けた。背の高い人なのであろう。豊かな髪をお下げにして、どこか大人びた感じだった。静江と治は何か関係があるのか。親子の年齢差である。いやいやそんなことはない。同じ苗字を持つだけで何を考えている。妄想も甚だしい。だが、賢治の本当の教え子は雨宮治ではなく、雨宮静江である。それだけははっきりしていた。

九月半ばになってもまだ残暑が厳しかった。恭子はあれから胸に重いシコリを抱えたまま、「雨宮静江」という女性に拘泥していた。治の叔母が開いているという、すずかけ町の店へ行けば分かるかもしれないが、気が進まなかった。恭子は治が信じられなくなっていた。叔母が店を開いているというのも、果たして本当かどうなのか。

そんなある日、情報誌の中にすずかけ町の「居酒屋しずえ」の広告を見付けた。いつも郵便受けに勝手に入れていくので、迷惑している小冊子だった。ファミリーレストランをはじめとして、回転ずし、土地家屋の売買、脱毛や小顔矯正など、美容に関するものまで紹介されている。

それらは、恭子にとってあまり関係のないものばかりだった。いつもはすぐ屑籠に入れるのだが、何気なくパラパラと捲った。すると、居酒屋しずえの女将の顔写真が載っている。多くの情報の中から目に留まったのは、全くの偶然だった。

笑顔の女将はまだ五十代半ばか、特別美人ではないが親しみの持てる顔である。女将の写真の横に海鮮丼が写っている。それが売りなのだろう。すずかけ町は古い歓楽街だが、今は不景気で寂れているようだ。

もとより、すずかけ町はあまり知らない町である。恭子とは縁のない街である。けれども「居酒屋しずえ」を目にしたとき、恭子は逃れられない縁を感じた。アルバムの雨宮静江と居酒屋しずえの女将は、同一人物ではないだろうか。恭子の胸が騒ぎ出した。もしかしたら、静江は治の母親でまだ生きているのではないか。そのことだけでもはっきりしたい。恭子は急がねばならなかった。

夜の歓楽街は暗く沈んでいた。それでもあちこちに寂しげなネオンが灯り、バーや飲み屋が続いている。ときどき店内から嬌声が漏れてくる。以前、賢治に一度だけ連れてきてもらったことがあるが、呼び込みの男たちが立っていて怖かった。女一人では、とても近付けるような場所ではなかった。

けれども今の恭子は違っていた。何も怖いものはなかった。勇気を出して、それらしい店を探した。やがて、あるビルの前にその看板を見つけた。「居酒屋しずえ」。治の言うとおり、古いビルの二階だった。見上げれば五階まであるが、明かりが点いているのは三階までだった。

恭子はドアを開けた。照明を落とした店内はうす暗く、カウンターと四人掛けのテーブルが三つあった。窓際のテーブルに、一組のカップルがいるだけである。恭子は迷わずカウンターの端に座った。カウンターの中には、二十歳ぐらいの女の子と五十歳ほどの女性がいた。

「いらっしゃいませ。お飲み物は何になさいますか」

からし色の無地の単衣を着た、物腰柔らかな女性である。この人が女将のしずえなのか。

情報誌の写真より少し落ち着いて見える。

「あの、お酒は呑めないので食事をしたいんですが……。お薦めは何ですか」

「はい、富山の魚は新鮮ですから、何でも美味しいんですよ。海鮮丼なんか人気があります」

女将は県外の客と見たのだろうか。しかもこんな店に女一人は不思議だと思ったのか、訝しげに恭子を見た。すると、恭子にも警戒心が湧いた。

「落ち着くお店ですね。私の母も同じ名前なので、看板を見てつい嬉しくなって」

恭子はとっさに嘘をついた。

「そうなんですか。看板の「しずえ」は漢字の静江、でも私の名前ではないんですよ。私は友江、静江は私の姉なんです。長いこと、姉と二人でこの店を守ってきました」

「まあ、素晴らしいですね。姉妹一緒にお仕事できるなんて」

そのとき女の子が「どうぞ」と言って、脇から丼を持ってきた。海鮮丼は彩りもよく美味しそうである。

「だけど、この商売も厳しいんですよ」

友江は独り言のように呟いた。

「そうですか。でも何処もそうなんではないですか。サラリーマンだって、いつリストラされるかしれませんし。私だってこれから年金生活で不安ばかりです」

「最近体調が優れないし、それにこのビルも古くなってやがて壊されるの。もうこの商売も続けられなくなるわ」

恭子の言葉を聞いているのかいないのか、穏やかではない話である。

「だって、お姉さんがいらっしゃるんでしょう」

「いいえ、姉はもうとっくに亡くなりました。姉が死んでから独りでこの店を守ってきたのですが、甥っ子もようやく結婚したし、私の役目はもう終わったのです」

「どういうことですか」

「ええ、だいたい姉は自分勝手なのです。結婚もできない人を愛して、未婚の母となったんです。子供を産むこと、私は猛反対したのですが。それで、遺された姉の子を育ててきました」

「あなた独りでですか」

「ええ、それで独身を通してきたんです」

「それは甥っ子さんを育てるためですか」

「それだけではないんでしょうけれど。母も三十歳のときに離婚して、女手一つで私たち姉妹を育ててくれました。親子は同じような道を辿るんですね」

「ところでお姉さんの相手はどんな方だったんですか」

恭子は勇気を出して訊いた。

「ええ、高校の恩師だったんです」

もう決定的だった。頭から血の気が引いていった。顔色の変った恭子を見て、友江は何かを察したようだ。もう長居はしたくなかった。思わず立ち上がり、急いで支払いを済ますと、店を飛び出した。

「あのう、お客さん。お客さんはもしかして……」

背後で友江の悲痛な声がした。遥か遠くから聞こえてくる山彦のように、それは執拗に恭子を追いかけてきた。


「鈴木さん、雨宮さんという方がお見舞いに来ていらっしゃいますよ。お通ししてもいいですか」

「ええ、かまいませんけど」

恭子は総合病院の一室にいた。家の近くで交通事故に遭ってしまったのである。夕方、自転車で買い物から帰ってくると、あの大谷石の塀の角で出会い頭に乗用車とぶつかってしまった。高い塀のせいで見通しが悪く、よく事故が起きる場所だった。

恭子は肋骨と肩甲骨を骨折し、入院を余儀なくされた。加齢による骨粗症で、脆い骨は簡単に折れてしまったのだ。幸い命に別条はなかったが、トイレにも行けず、寝返りを打つこともできない。胸はベルトで固定し、腕は三角筋で吊しているので、ダルマのようになって寝ているしかなかった。

「失礼します」

入ってきたのは意外にも雨宮友江だった。恭子は一瞬たじろいだ。「居酒屋しずえ」を訪れてから一か月過ぎていたが、心の傷はまだ癒えないままだった。

「ご無沙汰しております。奥さま、大変でしたね。近所の人に聞いて驚きました」

「こんなことになって恥ずかしいです。私の家へお出でになったのですか」

「はい、あれから奥さまのことがとても気になりまして。それよりどうなんですか、お怪我の方は」

「ご覧のとおりです。こんなにあちこち縛られて、自分では何もできません」

「手術なさったのですか」

「いいえ、このまま自然に骨が固まるのを待つだけなんですって」

「まあ、でもその程度で済んで良かったですね」

「そうなんです。命拾いをしました。お忙しいのに、わざわざ来て下さって申し訳ありません」

「いいえ、そんなこと気にしないで下さい。私はもう一度奥さまに是非お会いしたかったのですから」

「そうですね、それは私もです。あのとき、お話をよく聞かないで帰ってしまいました。ごめんなさいね」

自由を奪われた辛い状態だったが、いま賢治と静江の関係をはっきりしておかなくては永久に心のシコリとなってしまうだろう。

「この前は鈴木先生の奥さまとは知らないものですから、言ってはならないことまで言ってしまって」

「いいえ、教えて頂いて良かったんですよ。主人とお姉さんのこと、もう少し詳しく聞かせて下さい」

「もちろんお話しします。ご主人と姉の名誉のためにも。御存じのとおり、姉は先生の教え子でした。姉は私と違ってとても頭が良かったのです。先生は決して依怙贔屓なさるような人ではなかったのですが、とても可愛がって下さったそうです。両親は離婚し、母は私たちを育てるためにあの居酒屋を開きました。先生は優しい人ですから、そんな母子家庭の姉を不憫に思われたのでしょう」

恭子は友江の口元をじっと見詰めた。

「姉は卒業してからも、ずっと先生のことを想い続けていました。それが神に通じたのでしょうか、ある日、街中でばったり会ったそうです。それが始まりで、度々逢うようになったようです。けれども、姉は初めから結婚なんて考えていませんでした。先生の家は立派なお家柄、反対されるのは明らかでした。姉はある時期から、先生を避けるようになりました。先生は何度か店にいらっしゃったのですが、姉は決して顔を出しませんでした」

静江もまた恭子と同じ心境に立たされていたのだ。

「先生と別れてから、姉はお腹に赤ちゃんがいると気付きました。その後はこの前お話ししたとおりです。姉は独りで治を産んだのです。名前は先生の名前の一字を戴きました。やがて、風の便りに先生が結婚されたと聞きました。もちろん、その後二人は一度も逢うことはありませんでした。それだけは信じて下さい」

「信じますとも。よく話して下さいました」

「どうか姉を許して下さい。先生に相談もせずに、勝手に治を産んでしまったことを」

「許すも許さないも、私が主人と結婚する以前のことですもの」

静江は母親としての愛情と責任感、そして勇気があったのだ。けれども、恭子は初めからそんな寛大になれたわけではない。静江が独りで子供を産まなくてはならなかった哀しさと、いまだに鈴木家と和睦できない自分が重なったからだ。そのとき友江は、

「もし困ったことがありましたら、私と治に言って下さい。買い物でもお掃除でも何でもしますから。私たちを身内だと思って遠慮なく言ってくださいさい」

そう言いながらのし袋を差し出した。

「お花でもと思ったのですが、お怪我された身体では都合が悪いと思いまして。これはほんの気持ちです」

上辺だけの言葉とは思えなかった。差し出されたのし袋を目の前にして一瞬躊躇したが、素直に受け取ることにした。それは、静江と治を受け入れる瞬間でもあった。

恭子は事故に遭ってみて、自分の置かれた厳しい現実を再認識した。相談する人も付き添う人もいない。鈴木家はもちろん、恭子の実家も施設に父が一人いるだけである。今度はたまたま近所の人に助けられたが、他人にそうそう甘えてはいられない。やがて退院すれば、再び彩りのない日常が戻ってくるだろう。「身内と思って」という友江の言葉が身に染みた。

「あの、治さんにお伝え下さい。また時々顔を見せて下さいと」

「はい、承知しました。ああ、そうだ。奥さま、携帯電話をお持ちですか」

「ええ、もちろん。老人向けの簡単なものですけど」

今はあまり利用しないけれど、以前はとても重宝していた。賢治と恭子が別々の行動を取るとき、連絡し合うのになくてはならないものだった。

「じゃ、番号を教えて下さい。治の番号も言いますから。何かご用がありましたら連絡して下さい。すぐに治を寄越しますから」

友江は、「ああ、これで一安心だわ」と言って胸を撫で下ろした。


半月後、退院が明日に決まった。恭子は病院の窓から秋の夜空を見上げた。星が瞬き、月が輝いていた。丸い月に賢治の顔がふと浮かんだ。

「ねえ、あなた。治さんのこと、本当は知ってたんでしょう」

恭子は月に向かって呟いた。すると急に風が流れて、月は目隠しするように薄い雲に覆われた。じつは先日、賢治の机の引き出しに見付けたのだ。水引で豪華に飾られた「寿」の祝儀袋、銀色の鶴が今にも舞い上がりそうだった。

携帯電話が鳴った。雨宮治からだった。

「退院されるのはお昼過ぎでしたね。一時半ごろ、玄関で待っていて下さい。ぼく必ず迎えに行きますから」

賢治によく似た低い声だった。いや、賢治の声そのものだった。雲間から漏れる淡い月の光を見上げながら、恭子はじっと耳を澄ました。

あとがき

この度、「冬の足音」「見返り坂」に続いて三冊目を上梓致しました。この「雲隠れの月」には、文芸同人誌「檸檬」と、北日本新聞社の教養講座（いこい会）の文集「いこい」に発表したものを収めました。全部で八編ですが、読み返してみますと思わぬ共通点に気付きました。ほとんどが私の家の周辺、つまり現在住んでいる街を舞台にしています。

以前は田んぼと土手と墓地ばかりの淋しい田舎町でしたが、二十五年ほど前からスーパーはもちろん、レストランやコンビニなどが軒並みに建ち並び、驚異的な発展を遂げました。当初は眩しいネオンに戸惑うこともありましたが、私はいつの間にか街の住民になりきっていたのです。移りゆく街の鼓動を聞きながら、物語を産み出す作業は楽しいものでした。

出版に際しては、熱意をもってご指導下さいました西田書店の日高徳迪氏、そして素敵な装丁で飾って頂きました桂川潤氏、お二人に心より御礼申しあげます。

二〇一六年九月

著　者

初出一覧

昼下がりの珈琲　「いこい」四〇号　平成二五年
鳥　「檸檬」二六号　平成二六年
夢占い　「檸檬」二五号　平成二五年
女と松の木　「いこい」三九号　平成二四年
父の眼鏡　「檸檬」一二号　平成一二年
庭泥棒　「檸檬」一三号　平成一三年
天使の梯子　「檸檬」二八号　平成二八年
雲隠れの月　「檸檬」二七号　平成二七年

著者略歴

田谷麗子（たや　れいこ）
昭和十六年　富山県に生まれる。
富山県立富山女子高等学校卒業。
昭和五十八年　北日本文学賞候補
昭和六十三年　北日本文学賞候補
文芸同人誌「檸檬」主宰
著書に『冬の足音』（桂書房）
『見返り坂』（桂書房）がある。
日本文藝家協会会員
日本エッセイスト・クラブ会員
富山市在住

雲隠れの月

二〇一六年一一月一〇日初版第一刷発行

著者　田谷《たや》麗子《れいこ》
発行者　日高徳迪
装丁　桂川潤
印刷　倉敷印刷
製本　高地製本所

発行所　株式会社西田書店
東京都千代田区神田神保町二－三四山本ビル
TEL　03-3261-4509
FAX　03-3262-4634
〒101-0051
http://www.nishida-soten.ne.jp

ISBN978-4-88866-608-4 C0093
・定価はカバーに表示してあります。